三民叢刊170

魚川讀詩

梅新著

三民書局印行

序《魚川讀詩》

洛夫

當我開始得知「魚川」其人就是梅新時，竟是他遽爾與世長辭之前數月的事，因此我遵囑執筆寫這篇序言時，內心的感受是既迷惘，又無奈，更被一股揮之不去的難言的哀傷所糾纏。為了對老友深切的懷念，我在這篇序言的討論中，將把「魚川」還原為梅新。

首先，我有一個反常而略帶諷刺的想法，即我讀《魚川讀詩》，覺得比讀原詩似乎更有興味，這當然不是說梅新選讀點評的詩都不好，而是說《魚川讀詩》的文章自有其吸引人之處。不論梅新評詩是否絕對準確，詩學理論是否深厚，但他娓娓道來，引人入勝，筆下洋洋灑灑，自出機杼。他首創以雜文式的筆調寫評論，故有時難免失去重心，盡談些與原詩無關的問題。我們可以從《魚川讀詩》多篇中窺知，梅新是不太重視，甚至反對理論框框的，所以他說：「我只『讀』，不建立理論，也不引用理論，作者也就不必怕我將他們歸類了。」《魚川讀詩》因不依恃理論，反而能使篇章更形活潑，有就事論事的評述，也有尖銳的諷喻，有時語帶機鋒，趣味盎然，尤多啟發性的，有如古人詩話中的靈光閃爍。

在《魚川讀詩》中，梅新採用的策略是「細讀漫談」。細讀可解，漫談則須略加解說；所謂漫談，並非漫無節制或散漫無章，而是不受評論文章固定格式羈勒的一種自由表達方式。他的筆桿繞著一首詩在轉，開始圈子放得大，七兜八拐，然後逐漸收縮，一俟切入問題的核心，便戛然而止，恰到好處。

梅新的「細讀漫談」方式，又可分為「讀」，「談」，「評」三個層次。他「讀」詩相當細心，也很深入，不忽略語言與意象細微之妙，以及結構上的前後呼應，更能嗅出整首詩的氣氛，掌握一首詩的整體美，對一些基本的詩學理念都有較深刻的體認，譬如他談零雨的〈愛之喜組曲〉時曾說：

一首好詩的完成，必須先有感性，而後再透過文化的思考，圓熟技巧的營造，讓知性進來，加強意象的深度與廣度。文學家知性的思考是絕對有其必要的，而且是必須強調的，否則諸如生命的，人性的，歷史的主題都無法顯現。可是文學拒絕純粹知性，因為文學不能失去對感性的把握。

其次，梅新「談」詩，另有竅門，他不引用他人理論，而又處處不離詩與文學的原理，下筆大包大攬，看似不著邊際，卻又句句通情達理，他打破了寫評論文章結構嚴謹而滿紙疙瘩的前規，自創一套不緊不鬆、不疾不徐、從容不迫的評述筆法。所以我認為《魚川讀詩》中最出色的部份是談詩。梅新談詩，極少掉書袋，即使偶而引經據典，穿插在文章中倒也流暢自然。最能看出他談詩的高明之處，乃是他那些搔到癢處，說得痛快的獨到見解，現舉數例如下：

文學是非常個人的，它不需要接班人，接班人是二三流貨色。李白和杜甫都沒有接班人，雖然晚唐有所謂小李小杜，終究還是小了一號。

現代詩中美的意象語不再缺乏，而渾厚的整體的美感則有待詩人的努力。詩人可以語不驚人死不休，但詩人的成就在於對人文的關懷，在於以詩的藝術激發悲天憫人的情性，而不僅僅是為了幾個美麗的句子。

很少人了解詩是可以寫氣氛的。詩不見得一定要告訴你什麼，「采菊東籬下，悠然見南山」，陶淵明寫的是剎那間的心境，是最真實的人格的呈現，至於「南山」是否確有這座山，便不十分重要了。

詩人們實不宜給自己太多的壓力，也不宜給詩太多的壓力，少賦予詩各種使命，詩不是用來傳達使命的。

粗略比較一下，我發現梅新談詩最有心得，剖析得鞭辟入裏的幾篇，要數辛鬱的〈布告牌〉，葉維廉的〈童年是——〉，隱地的〈耳朵失蹤〉，洛夫的〈初雪〉，翟永明的〈孩子的時光〉，蘇紹連的〈笑容〉等。他對零雨〈餐桌的記憶〉這首小詩的解讀，更是別具慧見，在詩的空白中他填補了許多新意。

我認為，《魚川讀詩》中的「評」可能是較弱的一環。評詩人的基本條件有二：一是必須具備能充分把握詩本質的美學修養，一是面對詩的文本，要有精闢、獨到而又準確的解讀能力。這兩項條件顯然梅新都已具備，但有時在準確度上稍有不足，因而在評述時不免有所附會，譬如他談藍菱的詩〈色彩〉第二行：「古老的石室垂掛著露珠」時，便是如此。正如梅新所說：「詩人常喜以詩句造景，詩人也常喜以詩句畫景」，不管是造景或畫景，這句詩只是當下的實情實景，讀者恐難體味出它的「傷感」之情，梅新對這句詩分析說：「詩人失望之餘，認為那個文明古國應該哭泣，垂掛在石屋上的露珠，在詩人眼中應該是淚珠而不是露珠，至少在詩的意象上應該如此。」我認為他對這句詩的單純意象似乎不須做出如此過多的聯想。

評余光中的〈答紫荊〉亦然。梅新一開始即指出，余詩中「紫荊」的用典是出自南北朝志怪書《續齊諧記》中的故事，我對此頗感懷疑。余詩中的「紫荊」顯然是指香港（紫荊為香港之花，香港特區旗上的圖形即為紫荊），而〈答紫荊〉一詩寫的只是詩人過境曾經寄居十年的香港時的複雜心境，似乎與田氏兄弟分產以象徵中國的分裂狀況無關。

此外，梅新在使用詩學術語時也偶有欠斟酌之處。他談辛鬱的〈布告牌〉一詩時首先便說：「所謂純粹經驗這個詩的理論，在〈佈告牌〉這首詩裡，似乎可以獲得部份驗證。」其實這是梅新望文生義，詩中第一句「純粹為了觀望」中的「純粹」一詞，實乃「只是」、「僅僅」之意，顯然與美學中的「純粹經驗」無關。辛鬱這首詩仍是秉持他表述人性與社會，探究生命底蘊的一貫風格，開始詩人是以客觀的立場看佈告牌，後來逐漸發展為主觀的介入，看佈告牌竟然成了「一項人生的負擔」，而他最後從那黑色的佈告文字（人生和社會的縮影）中看到的只是一片空白。像這種發人深省的感悟詩，絕非出自純粹經驗。

縱然如此，梅新的「評」仍另有可取之處。讀《魚川讀詩》這類雜文式的評論，最為過癮，也最能啟人深思的是時評，就是對當前詩壇走偏鋒的風尚，施以辛辣無情的針砭，譬如他說：

> 很多人的詩，尤其自命才氣橫溢的年輕詩人的作品，則像政客，只見它在你面前長袖善舞，能言善道，將一件平平凡凡的事說得天花亂墜，但其結果卻不知所云。「政客型」的作品多了以後，詩壇便變得非常浮淺，在熱鬧有餘深度不足的情形下，嚴肅的詩人和作家就更加的寂寞了。

> 詩人是會退休的，一是作品缺乏新鮮感，遭讀者遺棄，這種退休更徹底。讀者是很現實的，也是很無情的……（寫詩）三十年如一日，一個調子唱到底，雖然靠關係仍時有作品在報端發表，但讀者已視若無睹了……，二是媒體的忽視，作品得不到媒體的重視，等於強制出局，因為發表畢竟是作家持續創作的最好鼓勵。

《魚川讀詩》是梅新文學生涯中最重要的著作之一，是他在中央日報副刊主編任內陸陸續續撰寫的。自民國八十三年五月他寫下第一篇：談〈答紫荊〉，迄今三年僅得二十篇。這個專欄是不定期的，梅新想寫便寫，無人逼稿，他的編務繁重，無疑的這些稿都是在百忙中趕寫出來的。由於梅新的詩評是非專業性的，故自謙為「讀詩」，但自發表以來，卻深獲海內外讀者的喜愛，並多次接獲國外讀者的來信，使他倍感鼓舞。這一點他在談羅任玲的詩〈下午〉的前兩段已有交代，並說：「既然《魚川讀詩》有那麼多人喜歡，我決心要繼續『讀』下去。」於是讀者期待著，愉快地讀著他的「讀詩」，卻不知在今年初他已病情隱現；今年四月間他在談我的〈初雪〉時，曾有過這麼一段話：

> 有人說詩人是終身職，詩人是永不退休的。我甚至堅信每位對繆司盡忠職守的詩人，臨終時，他的腦海裡還會留有尚未成篇的詩句，隨他的軀體埋入土中。像李白和杜甫，這些無時無刻不在想詩寫詩的詩人，我相信他們的屍骨中一定還存留著殘篇的詩句。有一天他們的骷髏變成了化石，他們腦中的詩也會變成化石。

我無法推斷他這段話是無意中的奇想，或是自知病重，有感而發，可是現在讀來，竟成讖語。身為一位盡忠職守的詩人，但不知梅新在奔赴另一個世界時，是否腦海中也存留著一

出游從容，落筆翩躚

莊裕安

梅新先生當初取「魚川」筆名，動機我並不清楚，就像他不見得熟悉，筆下品評作品各自的觸發點。但我隱約想像，極可能是，《莊子・秋水篇》那個「子非魚安知魚之樂」的典故。梅新在繁忙編務中抽閒讀一首詩，定有魚游於川上的快樂。他或許也擔心，以散文演繹詩，要冒誤讀的危險，就算方向正確，難免詮釋過度或不足。當他取名「魚川」時，便帶出莊子和惠子那段辯證，詩人、魚川、批評魚川的詩論者最好不要再重複「濠梁之上」那段對白。

我現在把「魚川」解釋成「一張免戰牌」，顯然也是牽扯入濠梁論辯的一環。「子非梅新安知梅新之樂」，當我經授意為這本書寫篇介紹文章時，便被賦予解釋的權利。通常我們閱讀一首詩，身邊並無一位像惠子那麼愛抬槓的朋友，不一定要處於辯論的備戰狀態。讀詩不必一個字一個字敲開硬殼，左手持詩輯，右手拿核桃箝子，才是享福的讀者。甚至往更浪漫推一層，字句不是有形的固態，讀詩像走進酒窖或花園，詩是液體，詩是氣體。還有人說「詩有七態」，後現代更容許「詩的誤讀」，詩不只脫去平仄韻腳的鐐銬，還變成裸體的國王。

詩人既然賣的是酒，他可能不愛賣葡萄的詩論者。詩是入醉後的出神狀態，只有詩論者還在藤蔓架下整理葡萄。然而，只有清醒的詩論者，才能分清幻術與騙局。有人假抽象之名，把腐爛或未熟的葡萄，甚至枯枝敗葉，全都丟入酒槽，自以為釀了一罈史無前例的新酒。見識過品酒比賽場面，便瞭解評審清醒慎重，不亞於即將步入開刀房的神經外科大夫。詩論者恐怕得醉過，才能體會詩的妙態，否則便要變成無趣的交通警察，拿著酒精測試器檢驗排成一列的詩人。

我以為詩論者像圓規，一腳要踩在詩作品上當圓心，如果沒有這種向心定力，就別談如何旋轉了。論者依身份決定半徑，也許他是個中學國文老師，便要格外注釋生字新辭；徵文比賽的評審，關心創意和抄襲；碩士論文，特定題目的廣博周延；宗派大師，鞏固主義、累積學說……。梅新以副刊主編身份論述詩，面對的是界限模糊的讀者，據說九歲到九十九歲不等。如果副刊編輯把機關行號或家庭訂戶成員，都算進來，那也未免樂觀到自我陶醉。「魚川讀詩」讀者雖學經歷不拘，但應是嚴肅的文學愛好者，甚至是行家。在評介羅任玲〈下午〉的文中，梅新提到有旅德的大陸留學生來函，這位讀者還是以詩為學位論文的專家，大出其推廣詩教所料。

圓規算是詩論者的基本修養，芭蕾才是詩論者理想境界。論者不能脫離詩篇，一如舞者難以抗拒地心引力。但是在這種接近「宿命」的演出中，還要飛躍、翻轉、迴旋，以最大的離心，展現跟原創詩人同樣的企圖。好的詩論絕非唯唯諾諾的僕從，只管聽命交差。梅新這些詩論，不是「攻擊」典型，不會引來張牙舞爪的論戰，它們只像一座座銜接詩人與讀友的橋。有時它要告知典故，有時它要披露象徵，有時它要點出主題。

《魚川讀詩》最大的特色，我想是「溫暖」二字。有一種批評方法標榜「作者已死」，作品一旦完成便脫離母胎，宣告獨立。就詩論詩，無所謂男詩人、女詩人、本省籍詩人、異性戀詩人。這樣的論調有其純粹價值，不必反駁。在梅新眼裡，余光中的香港經驗、紀弦的耄耋彌堅、零雨的小姑獨處、辛鬱的軍旅生涯、洛夫的移民旅外，都是重要的閱讀佐證。如果依作品獨立論，牽扯進作者身家背景，會過於注意「原我」，忽視「本我」、「潛意識」的深層挖掘。

梅新大概不太計較，他的詩論可能還要被別的方家再評一遍，所以行文通常不與所評詩人維持「藝術的距離」、「批評的距離」。這種家常的風格，真是臺灣詩界論述罕見的親切率真。我們都讀過一些「酒精濃度過高」的詩，本身的「可感」遠超過「可解」，最好就停在

「意會」那個階段。但偏偏有些大膽冒險的論者，用盡形容詞、專有名詞、原文夾槓，無論如何要將它剖個一清二楚。結果是解釋批評的文章，比朦朧的詩文更難解，雪上蓋霜，迷途難返。《魚川讀詩》未必成為經典範例，但它在可感與可解這方面，至少讀得一清二楚，很少有入門者難以接受的專業套語。它讓人感覺，讀詩是娓娓又怡怡的事，好像梅新跳的不是費力的芭蕾，而是更悠哉遊哉的狐步舞。

王國維曾經用另一種有趣的眼光，來看「莊惠之辯」：「濠上之魚，莊惠之所樂也，而漁父襲之以網罟」。這說法和舒伯特的歌曲〈鱒魚〉，有呼應妙處。莊子看到魚的快樂，其實反映他內心無愁鏡像。同一尾魚在漁夫看來，可能是毫無表情。舒伯特歌中的賞魚人，便怒斥捕魚人淌渾水「陷害」鱒魚。殊不知捕魚人若欣賞起鱒魚的曼妙游姿，便要壞了生計。所以，化名「魚川」的梅新是有福的，他在賞玩別人的詩篇時，也在賞玩自己的創作經驗，他解析別人的意象其實也在解析他自己。現在，輪到你我悠遊字裡行間，換我們變成川上的魚。

《魚川讀詩》話從頭

梅新　口述錄音
張素貞・章光霽整理

《魚川讀詩》是配合「中副詩選」在《中央日報・副刊》推出的專欄。

我自己是從事新詩創作的，近年的詩壇蠻有一些值得關心、值得檢討的問題。各報紙副刊雖然都有詩的作品發表，可是參差不齊，在水準方面很成問題。就我個人而論，我是有心，希望中副能夠出現一些重要的詩作。我編副刊，一直無法忘懷於文學；我做過「小說大展」、「散文大展」，邀請很多名家發表作品，只有詩這一環，我覺得總是做得不夠。所以我就推出「中副詩選」這樣一個專欄，從來稿中篩選一些詩作，另外以《魚川讀詩》的方式，寫出個人對那首詩的一些看法；希望做一點能引起大家注意力的事，也許可以使詩的創作轉移一個方向。

這個專欄推出的時候，我常想，能不能有一點新意？不是推出專欄就好了，要能夠使這個專欄受到注意。在詩方面如何能夠受注意，是很難。原本我是想請詩壇其他的朋友來做這份工作，當詩發表的時候，能夠配合寫一段推薦的文字，讓讀者能從中體悟到這首詩的美感。可是基於時間的限制，又因為這種工作願意做的人不多，所以我想了很久，也考慮了很多，還是決定自己來試試看。

「中副詩選」刊出的形式，當初設計的時候是前面一首或兩首詩，後面跟著幾百字的《魚川讀詩》。可能是我自己寫詩的緣故，對詩的要求特別高。在中副這十年來，我決不隨便刊一首詩；中副刊出的詩，一定得有其可讀性。「中副詩選」特別的地方在於，來稿中無論是資深或年輕詩人的作品，只要是有其特殊性、有新風貌、新風格的，我就會選在「中副詩選」裡刊出，和其他的詩稿區別開來。《魚川讀詩》我本來只想規劃在六百字以內，可是後來發現，六百字的篇幅要細談一首詩是很難的。於是，我把它放大一點，寫到一兩千字，兩三千字都有，就比較能夠稍稍深入一點討論。六百字實在只能夠提綱挈領，而談詩是不能提綱挈領的，一定要很精緻、精密地談，因為詩人用字都是非常講究的，用哪一個字，它就是全首詩生命的所在；哪一段當中的某一句，可能就點出全首詩最重要的脈絡。我自己寫詩常有這種經驗，前面一兩段可能是意象的重複，一首詩的生命都還沒有完全出現，可能是到了最後一兩行，就好像是畫龍點睛那樣子，突然地，詩的生命就在那最後的一兩句顯現。所以個人覺得讀詩就是要能夠指出詩的精華所在，而這就會牽涉到詩的技巧問題。我認為，寫詩沒法子整首詩都處處講究技巧。技巧，就是在某個關鍵的時候，讓詩的意象能夠完全地呈現。《魚川讀詩》所談論到的詩的技巧，可能不太能夠全盤滿足讀者、滿足詩的作者，因為篇幅的緣故，只能有限地說一些自己的意見。

身為一個詩人、編者兼文學愛好者，我寫《魚川讀詩》的目的是希望提出個人對一首詩的觀點，以引起讀者對詩的興趣。因為詩是讀者最難進入內容的文學領域，一般人都說看不懂，即使是一首比較明朗的詩，他們也覺得沒法領悟詩中美的意境。因為不懂，所以有些人會抗拒。這也是詩無法被一般民眾接受的最大原因。一般讀者看報紙、看副刊，也許看過就算了，不一定有那種閒情去欣賞一首詩的美感。我寫《魚川讀詩》，並不是像一般教書先生們做導讀的工夫，我對這「導讀」蠻排斥的。我覺得，每個人讀詩都可以從不同角度來讀，一首好詩可以產生不同角度的美感，做多層次的解釋。讀者對我的分析、對我的看法認不認同，是另外一回事情。我的希望就是引導讀者，跟我一起來讀這首詩，跟我一樣對這首詩發生興趣，能夠找出它美好的句子、美好的境界、寫作的特殊技巧，因為只有引起讀者的興趣，詩才有前途。《魚川讀詩》並不是要教讀者如何寫詩、如何解析這首詩、如何評論這首詩。所以它談不上是導讀，也談不上是評論。我只是寫出我自己對每一首詩的讀後感，點出這詩的全景，或者是某一部分詩的意境經營，如此而已。

我自己對文學評論一向不是很熱中。別人如何評我的詩，如何評我的作品，評好評壞，我從來都沒有去特別注意。我不太相信文學理論對自己創作有多大的幫助，所以我對文學理論不是閱讀得很多，也很少做文學批評的工作。《魚川讀詩》並不能說是嚴肅的文學批評，只是一種介紹性的文章。在《魚川讀詩》中，我絕不引用任何一個人的文學理論。我不喜歡套用的方式，我覺得把某種理論套用到作品上來，對作品、對作者不但不是尊敬，反而可能是一種傷害。

我寫作幾十年來，一向對詩理論當中各種派別的區分非常反感。有許多人閉嘴張嘴就是「超現代主義」，「超後現代主義」，我從來不把自己歸納成什麼主義，從來也不去研究什麼主義。因為創作是不能夠被主義、派別牽著鼻子走的，否則就沒法子形成自己的觀點，擁有自己的創作方式。我覺得一個作家應該讀很多書，讀很多雜書、經典之作，與很多很多的文學、以及非文學的書。若是把自己限制在對文學理論的研究和追求，老實說是死路一條。譬如「後現代主義」，人家已經吶喊幾十年了，臺灣還在著迷，動不動以「後現代主義」者自居，那就永遠只能跟著別人走，永遠沒法子超過別人。創作要能夠出現自己的風格，自己的風貌，就得先把這些個主義擺開。當然，那些個主義、派別是可以去了解、研究的；可是，不要把它們的理論、方法背到自己身上來。它們的優點當然可以接受，可以加以改良、繼續發揚光大，但是如果動輒以什麼主義的繼承者、代言人自居，那就不足觀了。

本來，我在自己編的刊物當中，一向都是避免自己寫文章，我在《中央日報》將近十一年，除非必要，很少在自己編的副刊裡面發表作品；我的作品多半寄給其他的刊物、其他報章發表。這也是應該這麼做的。有些例外的情形，譬如說，《中央日報》出版的書由我主編、由我寫序，序當然是要在自己刊物發表了；另外，這幾年來我做了不少報導文學，是為了中副而設計、製作的，這些自然也在中副發表。當我為了配合「中副詩選」，決定自己嘗試寫些引介新詩的文字時，我就想到用「魚川」這個筆名，以便跟「梅新」的角色區隔開來。

魚川是我的另一個筆名。第一個筆名和第二個筆名意義和目的其實一樣，無非是避人耳目。所謂的避人耳目，就是把自己退到第三者，一個旁觀者的姿態，自己置身於一個跟作品好像沒關係的地位，也就是說別人對作品批評的好壞，由它去了。魚川這個筆名，我曾經在某些刊物裡用過。其實這個名字是來自於我童年生活的一個小村落。魚川是我的外婆家，我出生在魚川隔壁、比魚川更小一點、在山坡上的一個農村，它的名字叫三公彥。這兩個地方都是人口不超過兩百戶人家的村子，村民背朝天、臉朝地，靠貧瘠的山坡地維生，就現在來說，還是非常的窮困、落後。雖然我只在那兩個地方生長到十二、三歲，可是這兩個地方，對我一生的生活和寫作影響之深，可以說是無與倫比的。我上一本詩集《家鄉的女人》，就是寫我童年記憶中農村婦女的生活。我想，一個文學家，無論中外古今，童年生長的地方對他的影響是永遠抹不去的，幾乎沒有一個文學家作品跟他的童年生活環境可以完全脫離關係，甚至他最好的作品，都可能是在描寫他童年生活環節的人與事，以及人文和大自然的景觀。就好像魚川和三公彥這兩個村子，是那麼窮困、那麼落後，可是在我的心中，它們是那麼的完美；我總是盼望，在有生之年能回到那個地方，住一段時間，重溫童年生活。我上次回家，遇見一個幾乎不認得的人，他說我額頭上有個疤，是當年小時候打架，彼此砸石頭，就是他扔的一塊石頭在我額頭上留下一個疤。我這疤痕留了一輩子，想不到他也記了一輩子。還有，我外祖父家有一個紙廠，用很原始的方法，借水車的動力，用竹子做紙漿，生產當地人使用的粗紙；那紙廠是我常去玩的地方，小時候冬天常喜歡在烘紙的窯外取暖。可惜我上次回家沒有足夠時間能去看看。上次跟我女兒回家，去掃墓的時候，走在田埂上面，恨不得想下去捉捉泥鰍。我記得十來歲的時候，為我們家長工送飯，菜園子旁邊那棵樹，是工人們休息、吃飯的地方，我也曾經在上面爬來爬去。那樹很小，大概一人多高，不到兩人高。四十多年了，那棵樹居然還安然無恙。家鄉很多長輩還健在，都是八、九十歲的人了，可是他們在童年時候對我說的一些小故事，仍然深印在我腦子裡。有一個叔公，愛跟我們說一些有色故事，那時候覺得很好玩，現在還是覺得很有趣。他已經九十多歲了，非常窮困，可是他很樂觀，村子裡的人對他不是愛，就是恨，因為他玩世不恭，可是他非常願意付出，村子裡哪裡有事他都願意去幫忙。這許多事情都影響我的一生，這種對童年家鄉的懷念可說是沒法代替的。所以，為了紀念我的出生地——三公彥，我把兒子的名字叫做公彥。魚川這個筆名，則是紀念我童年成長的這麼一個村落。居住在魚川的那十幾年，是我一輩子無法忘懷、而且是最快樂的一段時光，雖然那時非常窮困，可是卻是那麼的美好。用魚川這個名字來寫一些詩，發表一些詩，發表一些與詩有關的文章，我覺得蠻有一些美感。它也是我比較偏愛的一個筆名。

我剛剛說過，這兩個村子都非常落後、非常窮苦，可是這兩個村子都很美，也有相當深厚的文化。就地名來說，三公彥，感覺上那麼壯闊，那麼地充滿了文化的內涵；魚川，也充滿了文學的美感。我們家開門見山，門口下面就是小溪，小時候常在裡面摸魚。可是能夠就自然環境，抓住這兩個字做為村名，這不簡單，不是一般的農夫、種田人可以做得到的。我相信這些名稱可能是很多當地的知識分子、教書先生的智慧結晶，而沿用下來。小時候我常在村子裡的祠堂玩耍，祠堂裏內內外外、前廳後廳、所有的樑柱上都掛著密密麻麻的匾額。匾額是需要得過功名才能有的。從此可以想見，村子裡面一定出過一些很不錯的讀書人。還有，我外祖母的名字十分特別。她姓楊，叫官燕。一個婦道人家，父母親願意取這麼一個很男人氣的名字，一定有它的典故。我外祖父母在當地算是相當有名望的家庭，家裡三層樓上擺了幾箱、幾櫃子的書，那些書箱書櫃幾乎成為外祖父和外祖母的一種驕傲。他們不談家裡面有多少錢，不談家裡面有多少財產，他們把那幾個書箱、書櫃保養、油漆，當做鎮家之寶。我們家雖然是農家，可是，如果家裡能擁有兩個書箱、書櫃，就會覺得無限的光榮，而且認為那才是我們的財富。這種心態，一直延續到現在，回想起來，它正可以顯示出我們家對於知識的一種崇愛。我們村子裡面的人，對知識的追求，對美的追求，對人文的嚮往，並沒有因為環境的窮困而改變。我對於家鄉這兩個村子，充滿了緬懷。

我用這個筆名另外還有一層意義，是想帶給文壇一些新鮮感，免得文壇都是一些老面孔。當《魚川讀詩》這個專欄出現以後，很多老朋友，很多詩壇的前輩，也有些年輕朋友，紛紛來打聽這魚川是何許人也。他們覺得《魚川讀詩》談得還蠻內行的，不是太離譜。譬如隱地先生、余光中先生都曾經詢問魚川這個人；我也接到很多朋友的信，乃至於有從德國、紐約來的。很久以後，他們才知道魚川就是我。這正是因為採用新的名字，為文壇增添了一些趣事，我覺得也蠻有意思。

我相信，詩人在一首詩裡面的經歷、他的技巧、他的種種意匠經營，不是一個批評家所能夠完全了解的。我們在讀詩的時候，也不可能把詩人對這首詩花下去的心血，以及他所琢磨的意象，完全地掌握。我們很難讀出詩人在一首詩中所隱含的全部意義，沒法子和詩人的觀點一致。這是任何一個批評家，任何一個讀者都無法使創作者滿意的地方。所以我要說明的就是，《魚川讀詩》在讀某一首詩的時候，我所領會的，不大可能和作者的意念是一樣的。不過，我自己從事詩創作那麼多年，多少可以掌握到那首詩中詩人所要經營的重點。也就是說，一首詩，無論多長、多短，詩人關照的層面，可能只是在某一部分，我想創作大都是這個樣子，我自己就有這種經驗。譬如說一首三十行的詩，其中有一段就是特別的緊湊，或者有一段就是比較放鬆。欣賞一首詩最要緊的是能夠讀出一首詩最重要的一部分；就這一點來說，我自己比較有信心。寫詩，從一首詩意象的出現到它的完成，可能經過很長的一段時間，也就是醞釀期，乃至於修改，都是必然的過程。在我閱讀別人的詩作的時候，似乎我個人的創作經驗和詩作者的寫作經驗會有一種疊合的感應，也許讀者們看《魚川讀詩》也能領受到這點。

「中副詩選」的詩是從很多投稿詩作當中挑選，並不是主動約稿而來，稿件的來源就受了限制；同時，我個人的忙碌也影響了《魚川讀詩》的撰寫；又因為推出的時間不是很久，詩壇許多重要詩人、優秀詩人的作品還沒有囊括進來，這是有其客觀和主觀原因的。我之所以沒有主動約稿，是考慮到，假如為了「中副詩選」而去特別約稿，結果來的稿子不是很特殊，勉強放到詩選裡去就不太妥當。因為所謂的詩選嘛，一定要有特殊風格的，至少要有相當水準。不過，「中副詩選」的普遍性並不如一般的詩選。譬如說，年度詩選是從一年當中的作品來遴選，文學大系是從五、六年，十來年，甚至在二十年當中挑選，至少可以做到比較普遍。「中副詩選」固然經過精選，幾乎可以說是名家的作品都有了；但它畢竟只限於一些中副的投稿，普遍性自然不如年度詩選或文學大系。儘管如此，我還是很重視這個專欄的廣度，年長詩人、中年詩人和年輕詩人的作品，只要是好的，我都會特別挑選出來讀它一讀。從這專欄裏的作品，可以看出，在這幾年來，不論是資深詩人或中年詩人，他們的作品都能夠維持一個相當好的水準，這是我覺得最欣慰的地方。有人對文學的前景持悲觀的看法，說文學已死亡，詩已死亡。可是我自己編刊物，從許多來稿中得到的啟示是：文學的生命力仍然是非常旺盛，它的前途仍然具有前瞻性。當然我只是從質的方面來說，而不就市場的觀點來看。我們一般談文學的發展，完全只從市場的觀點衡量，其實市場只能決定文學的現實方面，真正說來，文學成就、文學的未來是決定於作品的好壞。因此我不但不悲觀，而且是相當的樂觀。因為詩在市場上雖是弱者，可是它在文學上卻永遠是強者。因為它有一批象徵著文學的強人在堅持著，我覺得這是文學上最大的資產。其實寫詩的人固然很多，中途洗手不幹的人也很多，這也沒關係，來來往往，有些人是一輩子的興趣，有些人是短暫的興趣，這都無妨，可是他們對詩，都能做出某一種貢獻，這就很安慰，就相當不錯了。

我要說明，在《魚川讀詩》專欄評介的詩，都是比較適合用來引領讀者進入詩領域的作品。這也是「中副詩選」和《魚川讀詩》的特色之一。通常，發表在副刊裡的詩和發表在詩刊文學刊物上的詩，多少在可讀性方面會有些出入。因為副刊是屬於大眾讀物，而詩有一些特質，比較不容易被大眾接受。譬如說，有很多詩裏所營造的世界，讀者不容易深入理解，一般民眾是比較抗拒的。很多的詩固然寫得不錯，卻也許不適合在副刊裡面刊登。我希望副刊登出來的詩，是絕大多數的讀者所能理解的；一般大眾沒法接受的詩，我的副刊多半不選它。所以遇到比較繁複難懂的詩，我多半會建議他們寄到文學刊物或是詩刊裡去；我覺得在詩刊裡面刊登，只要作品好，詩難懂一些也就無所謂，因為詩刊的讀者大都是詩的愛好者，對於難懂的詩，他們比較有耐性慢慢去品味。

不過，並不是說難懂的詩就是好詩，也不是說簡單的詩就是壞詩，簡單的詩我覺得有時候反而是好詩。因為簡單的詩不好寫，好比唐人的絕句，好比李後主晚期白描的小令，並不是每個詩人都有那種功力的。有一些艱澀的詩，作者造了一些美好的句子，可是結構並不完整。而一些淺白、白描的詩，無論結構，無論遣詞、造句都比那些艱澀的詩完美。怎麼說呢？淺白的詩在結構、語言上都能呈現出詩的美好的質感。白描的詩渾然天成，通常具有完美的句子，又有相當令人喜愛的意象。淺白的詩真的很難寫。要把淺白的詩寫好，一般不太容易，詩人也多半不願意嘗試寫作淺白的詩。

當今的詩壇，壞詩多、好詩少，真正淺白的好詩並不多。我們常常看到一些艱澀的詩，也有很多偽詩。所謂偽詩，嚴格說它不是詩，作者只是在那裡造句，造一些美麗的句子，滿足一下讀者的小感觸，那不是好詩。老實說，這種詩是很容易被人遺忘的。一般年輕人，難免受偽詩的蠱惑。近年來少有特殊的年輕作家作品出現，可能都是這樣走到了死胡同。也許他們對詩的了解不夠透徹，沒有對詩深入的研究。他們造些大家看不懂的句子，卻怪讀者看不懂。他們不曾揣摩，自己該怎麼經營一首詩，不但自己懂、自己覺得美，也能夠使讀者懂得這些美景。我覺得這是一個詩人的責任。詩人的責任應該是使一首詩完成之後，自己覺得很好，自己覺得美，而讀者也可以從中感受到它的好，得到一些美感。詩人對廣大的讀者是有責任的，絕不能說，我寫了一首詩，就覺得自己很偉大，別人看不懂是他們的事，這心態不對，要調整。所以我再三強調，詩人的責任是有必要的，這種責任不能丟給讀者，應該是在自己寫詩的時候就要考慮進去，而且這考慮應該不妨礙詩人藝術的經營。我的意思，並不是要去遷就讀者，也不是為了討好讀者，而是說當作者寫這首詩的時候，自己要說老實話。我懷疑有時候有些作者自己都不曉得自己在寫些什麼，這種詩太多了。我想這是最要注意的地方。因此，我覺得一個副刊的主編在選詩、刊詩的時候，也有責任要注意讀者的接受程度，刊登的每一首詩除了要有特色之外，也要能讓廣大讀者接受。

目前一些年輕的創作者，過分地在技巧方面下工夫，我總是擔心。我覺得寫詩，技巧當然是很重要，可是它目的不是在玩技巧，耍技巧。技巧只是完成一首詩的必然手段，不是寫詩的目的，如果過分著眼於技巧，就模糊了寫詩的真正意義。現在有些人寫詩，他們所追求的技巧其實也不是真正的技巧，只是把一首詩弄得模模糊糊的，甚至文句、文法都有問題。我覺得，說句不好聽的話，就是散文都沒寫通，文句都弄不通順，就開始寫詩，好像寫詩就一定要把文字弄得不通順，才是好的技巧；寫詩好像一定要把意思弄得模模糊糊的，才是好詩。這種觀念，可以說是非常不成熟。事實上，許多好詩之所以好，不是好在讓人看不懂，不是好在表達得模模糊糊。有人說目前這種一味把詩弄得模模糊糊的現象是一種病態，我倒是蠻支持這種看法。可是一些年輕人對這些聽不進去，他們總覺得那是一種寫詩必要的技巧，其實這是非常非常令人擔心的，因為這樣下去，要出現一些好作品很難。

一個作者最重要的是尋找一些能發揮的題材，能表現得出色，多寫些優秀的作品，最難得的是能在創作上有一些突破。有些年長作家覺得作品不受重視，似乎心情蠻落寞的。我倒覺得這不是大家關不關心作家的問題，主要是詩的創作者本來就應該耐得住寂寞。一個好的作家，能寫出好的作品，自然就能受到注意。我認為，這也可以給年輕朋友們做參考。很多剛出道不久的詩人，在我面前抱怨：詩壇是有派別的、詩壇是有小團體的、詩壇是被壟斷的。這些說法其實都不適當。我也是《現代詩》的一員，《現代詩》就很有計劃地刊登年輕朋友的好作品。在中央副刊，年輕朋友的作品我一向特別留意，只要是好的，我都特別鼓勵，有很多年輕作家就是在中副嶄露頭角的。年輕人急於出頭，急於成名，是一種不好的現象。一個作家如果不在乎作品的好壞，只在乎有沒有闖出盛名，稍有不如意，就去向人家哭訴，這樣的狀況，是很令人擔憂的。

《魚川讀詩》在量方面顯然是夠的。我原本是準備再多寫幾篇作品，可是有朋友勸我說，還是不要太厚，太厚的書對讀者來說是個負擔，尤其這種接近評論、分析詩作品的文集。《魚川讀詩》可以說是我個人對寫作、對詩看法的一些記錄，其中也有我自己多年寫作的感受，當然這只是局部的，不過總是可以反映出我個人對現代詩的基本看法。

魚川讀詩　目次

附錄

余光中的〈答紫荊〉

答紫荊

這麼眷眷地年復一年
白髮的浪子啊你究竟
算是回家呢還是過境？
楚楚的紫荊問我
不知道該怎樣回答
除了用一個苦笑

說這片燈火的繁華
大嶼，長洲，和半島
一層層山海所縈繞
本就是我的故事
十年用緣份寫成
如今只剩下了續篇
（欲知後事如何嗎？）
無非反高潮的附錄
曳著嫋嫋的餘音
總帶點回顧的惘惘
照例書中那主角
或者用英文說，那英雄
最後當然是老了
而下得機來，迎他的

都是陌生的面孔
偶或遭遇些舊朋
不再是濟濟多士了
相顧也不再年輕
近於黃昏的街頭
如果他追得夠快
似乎還跟蹤得上
當年自己的背影
英雄是愈老愈多情
年年回家來作客
衝著九七的陰影
難道是為了送別
一個向晚的朝代？
或者是為了迎接

一個更老的帝國
一座更高的宮闕
西京，東京，到北京
派來的欽差大臣？
不知該怎麼樣答覆
飛鵝與獅子的問題
除了用苦笑的淒淒
黯對紫荊的楚楚

❖魚川讀詩：

讀此詩，先有破題之必要。否則，將無法窺探詩的全貌。

南北朝時，有本志怪的書《續齊諧記》，內有一章述及漢代，京兆地方有田氏兄弟三人，為分家產，連廳堂前的那株紫荊樹也不放過，三人共議要將它鋸掉分為三份。第二天，那株樹便枯死了。老大震驚之餘，對兩位弟弟說：「荊本同株，聞將分斫，即便憔悴；況人兄弟而可離，是人不如木矣！」兄弟們都被這棵樹感動了，決定不再分家，未料那株樹亦變得枝葉茂盛，恢復了原本的樣子。

〈答紫荊〉出自此典絕無疑問。詩人將它人格化了，所以有「楚楚的紫荊問我」作為詩的開端。這個「我」是指作者自己。但以目前中國的分裂狀況來說，似乎可以擴大為所有中國人。這首詩是作者「過境」香港時感懷之作，當然，那個「我」也包括香港人。

我自己寫詩不用典。而典用得好，可以省去許多著墨。但冷僻的典，卻增加了讀詩的難度。因此，典故的通俗性是需要優先考慮的。

詩的第一句或第一段，是詩的成敗關鍵。因此詩的起筆非常重要，好詩往往第一行、第一段就能帶給讀者無限喜悅。不過有時全詩只有第一句好，雖是神來之筆，但往後便敗筆叢生，後繼無力，這是什麼原因呢？原因往往是不了解詩是需要經營的。由於忽視經營能力的培養，所以許多才氣頗高的詩人，成就卻十分有限。余光中的這首〈答紫荊〉，讀完前面四行，就能勾引起我們某種心情，一路讀來，更是勝景不斷。去年，他有首〈抱孫〉，是我近年讀過最喜歡的詩之一。〈抱孫〉和〈答紫荊〉，都是描寫心情的詩，此類作品最重氣氛的掌握，詩的效果也在於氣氛的感染力的強弱。

〈答紫荊〉令我久久揮之不去的兩句詩，是「英雄是愈老愈多情／年年回家來作客」。七十五歲的索忍尼辛，七〇年獲諾貝爾文學獎，四年後被取消國籍驅逐出境，流亡美國廿年，今見報載他將決定本月底返回俄國定居。索氏老年「多情」，至少還有家可回，而余光中的「多情」，卻只能「年年回家來作客」，回家只能作客，世間事還有比這更使人難堪嗎！這兩句詩是時代悲劇造成的「傑作」，在中國還會繼續發生共鳴。

「年年回家來作客」，既回家，又何來作客？這樣既矛盾又統一的句法，只有在詩中才能見出它的好，不會發生文法上的問題，甚至覺得它是那麼的合理。

紀弦的〈我是船你是港〉

我是船你是港

我是船，你是港。
唯有在你的兩臂間，
我才能夠得到平安。

是的，我並非一艘航空母艦，
也不是一艘豪華郵輪，

而只是一條小小的三桅船罷了。
但是無論母艦，郵輪或是木造的船，
總得有個港灣讓他避避風浪才好。
你說是不是呢，夫人？

我來自風狂雨暴，
我來自駭浪驚濤。
多危險！多恐怖！航行在
人生的大海洋上，幾十年來，
我差點兒觸礁，擱淺，沉沒，
或是被一群大白鯊毀掉。
哦，賢妻呀，唯有回到你的懷抱，
我才算是有了平安。

可不是嗎，我最最親愛的？
你是平安的港，我是勇敢的船。
你給我以安慰，你給我以溫暖。
哦，老伴，直到如今，八十歲了，
你還把我當做一個白馬王子來看待。
多麼的可驕傲，和令人感動得流淚啊！
雖然我已不再慘綠，不再性感，不再風流，
亦不再把劍磨了又磨，去和情敵決鬥。

❖魚川讀詩：

紀弦今年八十一歲。在我讀過的古今中外詩人詩作中，如此高齡仍有雅興和他的老伴：「你是港、我是船」，說這種年輕時就說了再說的話，紀弦可是第一人。但它是這般的真誠，絲毫不覺得肉麻。

不過它若以散文的形式表述，可能會肉麻得無法卒讀。讀此詩之前，我正思考以一對七十餘歲的老夫婦，在一個夏日的午後，房間裏轉著緩慢的電風扇，躺在鋪著竹蓆的床上聊天為題，寫一篇長長的散文。所以讀紀弦的這首詩，也許正合我此時的心境，而深感詩人之情感的難能可貴。

紀弦和他的老伴，目前生活在美國舊金山。雖有愛女為鄰，時有往還照顧，但他去國已廿餘載，臺北的老友曾多次敦請返臺敘舊，他均以老伴年邁，不能一日無他為由婉拒。即使去年《現代詩》舉行四十週年慶，如此之大事，《現代詩》刊是他一手創辦的，他亦不為所動，足見他們夫妻的情感是愈老彌堅。

這首詩的意象和詩句，都十分傳統，但它的重要性不在此，而在八十歲的人，對老妻仍保有初戀的「慘綠」少年的感情，不易。

零雨的〈餐桌的記憶〉

餐桌的記憶

（一顆眼淚
不知何時貯藏在眼角）
…………
…………
（落到鼻翼）

…………
…………
（滑入嘴裏）
…………
…………
母親咀嚼
輕脆的聲音
煥發的少年一旁
微笑

❖魚川讀詩：

零雨去年發表於《現代詩》的一輯〈特技家族〉，獲得八十二年度「年度詩獎」。幾個評審委員：洛夫、瘂弦、商禽、梅新、向明、張默等都撰有評薦。洛夫說：「她放棄了一般的審美概念和寫詩手法，而訴諸原創精神，以期探索一種新表現的可能。」洛夫後面的二句話，把它顛倒一下，也許更好懂一些，即，探索一種新表現的可能，是文學家、藝術家該堅守的一項原則。而零雨便是堅守此項原則的詩人。

讀零雨詩的同時，也讀到張大春的一篇短文〈詩人，在漸暗的窗口〉，他感嘆「有多少詩人會守在一個漸暗的窗口，和冷落他的時代進行秘密的對話，他們的行徑與精神看在俗人眼裏也許荒唐無稽，但是他們的意氣昂揚，連寂寞也顯得豐富起來。」張大春的這段話，簡直像散文詩，美得很。我認為零雨就是一位要使「寂寞顯得豐富」的詩人。要拋棄慣常的審美觀念，追求一種新的獨特的表現方法，零雨的寂寞是必然的，也是一位有成就的作家所必需面臨的。但他的成果，卻豐盈了他的寂寞，別人視似暗淡的窗口，他卻感到十分明亮。

零雨的詩，深獲哈佛大學教授海倫・樊德勒(Helen Vendler)的好評，因而邀請他以「訪問學者」身分至哈佛研究一年。樊德勒是英美詩權威，他的評論深受美國學界敬重。而零雨得以創作受邀前往訪問，則為國內第一人。

洛夫說零雨的詩是字字不帶情感，甚至連「悲喜」兩字也只是一種不動聲色的語言表述。的確，這首〈餐桌的記憶〉就是首化有淚為無淚，化有聲為無聲，讀來輕鬆，實際沉重的詩。

我是農家出身的子弟，我將零雨這一類需要點耐性才能有所領悟的詩，比作收割後的稻草，別看它外表乾燥，但另有勁道，冬日裏，耕牛滿口白沫的咀嚼著它，比啃嫩草有意思多了。

這是首描寫親情的詩，描寫兒時餐桌前的記憶。通常都會用詩句，用各種比喻去陳述母親如何傷心，但它沒有。它只有「一顆眼淚」，這一顆眼淚竟成了全詩的「主角」，像默劇般的，只在舞臺幾處站上一站，便不發一言的下去了，所有的劇情都需觀眾自己加上去。淚藏在眼角太多了才會向外流，從藏著到向外流，傷心的程度是否加了一層？淚從鼻翼「滑入嘴裏」，不要說傷心人，旁觀者也要為之鼻酸了。這種經驗，在日常生活中您我都有，讀詩必須以心靈去感受，讀這種言簡意賅的詩，更需要心靈的感應。

詩中的幾行刪節號（虛線），在視覺上發生了很大的效果。我一向十分排斥以符號形式作象徵，可是這幾行虛線在此詩中卻極其重要。它有兩層意義，其一是，母親流淚自然有他傷心的原因，可是身邊是不更世事的幼子或幼女，訴苦不但無濟於事，反而傷及子女，所以詩人以刪節號替代。其二是，象徵爬行在臉上的二行淚，緩緩的落下。有助於讀者的想像。

「母親咀嚼/輕脆的聲音」，母親咀嚼眼淚就像嚼花生米似的，嚼出了「輕脆」的聲音，這個「輕脆」是象徵母親的「堅忍」，和從容面對的態度。這個形容詞，賦予了此詩無限充沛的生命。

母親痛哭欲絕的時候，孩子仍在一旁若無其事的嬉戲個不停，這是人情練達。所以此詩十分生活化。

劉季陵的〈嫉妒〉、〈階級〉

嫉妒

男人發現
女人
發明

男　　人

女人發現

女　人

□

男人

階級

鉛　筆　是非
原子筆　選擇
鋼　筆　申論
題目：　生活

❖魚川讀詩：

劉季陵這個名字，在詩壇尚屬陌生。可是他的詩卻是那樣的熟悉，這是怎麼回事？我想了許久才想出了原因。

我對年輕人的出現，總希望對方能帶給我一些新鮮感。我讀過許多年輕人的作品，但是他們總是非常的吝嗇。而劉季陵的這兩首詩，竟使我有話可說，真是難得呀！

我看過劉季陵一首〈詩人之墓〉，只有一行，是四個詩字堆疊而成的。最底層的詩字最大，然後慢慢小上去，形成一座墓的形狀。它使我想起波特萊爾的〈皇冠〉，和林亨泰的許多符號詩，所以印象深刻。固然劉季陵的〈詩人之墓〉有許多巧思，不失為是一首好詩，但我始終覺得這類形式主義的詩，有波特萊爾的一首〈皇冠〉便足夠了。因為詩畢竟不是文字遊戲，「遊戲」的第一次是天才，第二次、第三次便是糟蹋天才了。

〈嫉妒〉最可議之處，是第二節第三行的填空，而它的趣味亦在此。在空格的方塊裏，你可以填首段的「發現」，也可以填「謀殺」之類，適合讀者讀這首詩心境時的詞。問題也就出在這裏，詩需要給讀者聯想的空間，但不是填空。

〈階級〉是我相當喜歡的詩，它的好，就是給我相當大聯想的空間。在我們的「生活」中，經常會出現「是」或「非」的問題，要我們作選擇，所以它用「鉛筆」寫，可以將其中的一個字擦掉。選定之後，便再也無法擦掉了，是對是錯，都得承擔下來，所以它用「原子筆」。「申論」是經營「生活」的意思，你為什麼要選擇這種生活，及其生活方式，一定有你

辛鬱的〈布告牌〉、〈鑰匙〉

布告牌

純粹為了觀望　為了
觀望中的滿足或不滿足
為了觀望後的有所思
或無所思　我昂首引頸
或三十度斜角
且已成慣性　已成

一項人生的負擔
可是　那天大的布告牌上
給我的　總是那個黑色的
空白

鑰匙

它把一些空間關起來
在許多時候
它把空間開放給我們
　如果我是一陣風
　我根本不需要它
而此刻　它在我的左邊褲袋
不　在我的右邊褲袋

鏗鏘作響：夜深了啊
噓！輕點聲
別把屋裏的夢中人弄醒

❖魚川讀詩：

所謂「純粹經驗」這個詩的理論，在〈布告牌〉這首詩裏，似乎可以獲得部分驗證。

在二三十年以前，大眾傳播媒體不甚普遍的時代，看布告牌是我們生活的一大部分。看報紙要走向街邊的布告牌，因為那時家庭收入低，有報紙的家庭並不多；租房子，房子買賣要去看布告牌，因為刊登不起廣告；那時政府也窮，很多公告都藉布告牌知會大眾了事。那時大街上布告牌之多，簡直像崗哨，三步兩步就可以看見一塊布告牌豎立在牆邊。這種景象，現在已沒有了，即使公教機構亦已不多見。因此，辛鬱「昂首引頸」，歪著「三十度」的頭「觀望」布告牌，是過去生活的再現。

辛鬱有過一段相當長時間的軍旅生涯，做的是文書工作，還算清閒。一個具有強烈詩人性格的人，對軍人生活之厭惡不難想像。同樣的，軍中對這種視紀律為枷鎖的人，亦敬謝不敏。在彼此之間如此不協調的環境裏生活，辛鬱之不快樂，必定是與日俱增。我讀此詩時，想像他一日在太陽西斜的時候，坐在營房內望著窗外布告牌神思，布告牌內貼的是什麼他並不知道，也無意知道。就像詩裏說的，只是「純粹為了觀望」。再說，當年的一個小兵，以及他現在這樣的一個小老百姓，對世事、對戰爭，儘管你如何關心，除了「純粹觀望」又能如何呢！我將此詩與他的生活作這樣的聯想，讀此詩的內容感覺上好像豐富多了。

下面還有幾個問題，有必要釐清。也許有人要問，既然是「純粹為了觀望」，就不應該有「滿足或不滿足」，以及「觀望後的有所思」這些目的。不錯。但我要舉自己最近發生的一件事來加以說明。五月廿九日，星期日下午，反核的遊行隊伍經過我家樓下，我好奇地走至窗前向樓下四處「觀望」了幾分鐘。這便是辛鬱詩中所說的「純粹為了觀望」。而我對核電的興建與否，一貫有我自己的看法，因此觀望之後，便產生情緒的反應，為了從遊行隊伍中得到「滿足」或「不滿足」，為了對自己以往的觀點藉此得到深一層的思考，我便如同辛鬱「昂首引頸」伸頭向窗外細心專注的觀望了。因此，依我自己的例子看來，這幾句詩顯然無問題，在意象的演進上還相當有連續性。

我認為這首詩最重要地方，是「那天大的布告牌上/給我的總是那個黑色的/空白」這幾行。辛鬱不是觀看布告牌，而是在觀看「天象」，這是詩人寫這首詩真正的目的。在「那天大的布告牌」上，他看到的「總是黑色的空白」在此清楚的指出，是一個沒有星光的夜晚，天空中沒有星斗，便無法判定吉凶、預測未來了。詩人在失望之餘，詩也就再發展不下去了。這就是詩的結構，詩的結構在於意象的完整，不在意形式的起承轉合。

〈鑰匙〉的前三行，給人想像的空間非常大。而後面的格局反而變小了，十分可惜。

隱地的〈耳朵失蹤〉

耳朵失蹤

黃鶯還肯歌唱嗎？
口沫橫飛的年代
所有的嘴巴都在尋找耳朵

每一隻患了不停說話症的大嘴巴
為耳朵的不再勃起

鬱鬱寡歡
說speak說
整座城的嘴巴
全在張合著
人們的臉變得像一架探照燈
四面八方通緝
逃亡的耳朵

❖魚川讀詩：

看午間新聞，陽明山國代修憲會場，因為打群仗被砸得稀爛。好在有隱地的詩，及時救了我，不然，今天一天我會非常的不愉快。

文學是可以治療人的。我把書房視為「療養所」，身處亂世，躲在書房裏最安全，也不容易感染疾病。

我教詩、教文學，第一節課就告訴學生，讀書要不忘批評，批評愈酷嚴，愈能有自己的意見。看法不成熟無妨。因為我強調文學是不宜有固定理論的，根據理論創作的都極少成功。

所以有學生問我，以何方法鑑定一篇作品優劣的時候，我會毫不猶豫的告訴他，我的方法很簡單，分辨什麼是好詩，什麼是好的藝術，能予人「快感」，就是好的詩和好的藝術。但學生們都希望我抄整黑板的理論給他們讀，這便是我兩年前辭掉所有教職的原因。

隱地的這首〈耳朵失蹤〉，在我的精神陷入衰敗的時候，發揮了救濟作用。如果我還在教書，我會告訴學生，這便是我認為它是首好詩的理由。

面對臺灣這個亂糟糟的社會，相信所有的人心情都會感到無比的鬱悶和煩躁。隱地自亦無法例外。像杜甫的「朱門酒肉臭」一樣，這是首相當寫實的詩，它雖然沒有杜甫那樣具體，可是確如隱地詩中所描繪的，我早已想將耳朵掩起來了。

第一句「黃鶯還肯歌唱嗎？」即已點出問題之所在，接下來便是描述黃鶯不再唱歌的原因，因為在這個「口沫橫飛的年代/所有的嘴巴都在尋找耳朵」情況下，恐怕不會再有耳朵來聽黃鶯唱歌了。

黃鶯，另名黃鸝，以鳴聲婉轉、清麗著稱，所以人們嘗籠飼為玩賞。古典詩中，不乏呈現其美妙鳴聲的作品。如白居易的〈琵琶行〉描寫絕妙的彈奏聲：「間關鶯語花底滑，幽咽泉流水下灘。」是拿流利輕快的黃鶯的鳴聲來比喻琵琶彈奏聽覺之美。「花底滑」又恍如真看到黃鶯在花間穿梭傳出柔滑婉轉的美妙的聲音，以視覺之美更加強了聽覺之美。正因為黃鶯的鳴聲是如此美妙絕倫，原來是人人求之不得的，如今人們的耳朵都被強制去聽一些「大嘴巴」說些令人厭煩的話。因此，黃鶯是很寂寞，也很傷心的，牠「還肯歌唱嗎？」

「所有的嘴巴都在尋找耳朵」，十分口語，也不奇特，但在這首詩裏，它卻像「梨花一枝春帶雨」般的顯得那麼有精神。「口語」詩，就像寫散文，易寫難工，但寫得好，卻最容易被傳誦。歷來被傳誦得最廣最久的，大多是接近口語的詩句。

第二段第二三行，是詩人內心的願望，也是實情，大家已不願再豎起耳朵，去聽那些「大嘴巴」胡說八道了。至於「大嘴巴」有否「鬱鬱寡歡」呢，我看沒有，只是詩人「想當然」耳。「大嘴巴」在這裏應視為是有權力發言的人，或自認為是「意見領袖」的人。並非一般說的「長舌婦」或「多嘴男人」。

第三段首句中夾了個英文字speak，手法巧妙而討好，不然就成了「說、說、說」，顯得多麼的笨拙。「四面八方通緝／逃亡的耳朵」，試問逃得了嗎？我們的耳朵是多麼的不幸，當嘴巴的自由解放以後，耳朵的自由卻失去了。

楊明的〈傾心〉

傾心

陰雨的天氣
一個人坐在路邊喝咖啡
想起曾經愛過的人
心情微微潮溼起來
你不是第一個隨手在餐巾紙上寫情詩給我的人
卻縱容我養成以情詩佐咖啡的習慣

離開你之後
我總是不知道咖啡該放多少糖
拆了封的糖包一不小心就撒了滿桌子甜蜜
而拆封之後的愛情
因為和空氣接觸的關係
變得難以保存

曾經受潮的思念
也因為水分浸淫的緣故
擱在心裡的位置日益膨脹

於是，我和我的愛情玩起躲貓貓的遊戲
有時
我把愛情藏進抽屜

有時
我把自己躲入人群
有時
玩著玩著
才發現忘了該尋找的究竟是愛情
還是自己

❖魚川讀詩：

今日七夕，中國人的情人節，楊明的這首情詩，恰巧在今天讀到。無形中使我的心突然活潑了起來，年輕了起來。詩裡幾段低聲傳來的「情話」，讀來深感無限的甜美。我一向不主張詩是為朗誦而寫，而刻意的遷就音樂性的安排，但此詩，如能選對聲音、調對度數，唸起來一定非常感人。

老實說，我是無意中，因為好奇而發現了這首詩。我所謂好奇，是楊明給我的印象，一向是位年輕貌美，頗為優秀的小說家。她已出過好幾本小說集，得過不少如「中央日報文學獎」等重要的文學獎。卻從未聽說她寫詩，當然也從未看過她有詩作發表。所以，這回在偶然的一個機會看見她這個作品，於驚喜之餘，自然會忍不住多看它幾遍，甚至從中尋找她的「詩情」。

說到「詩情」，鄭愁予有段話，十分地得我心。他說：「臺灣自現代詩運動祭旗之後，首被犧牲的是『詩情』。『詩才』表現詩人的藝術稟賦，詭思俏想，以及役用外來或國故技巧的本事。而於『詩情』一道，則甚少真摯與直抒胸臆之作。這當然是一謬誤。」（見徐望雲詩集《傾訴》對於一個成熟的詩人，我當然希望他有「才」也有「情」，而對於一個初出詩壇的人，我則希望先見到他的「情」，只要他有心做一個有創意的詩人，「才」是可以漸次建立的。

近年，有不少詩以外領域的人，「騷擾」到詩的世界裡來，如黃春明、張曉風、隱地等。尤其隱地，最近常見他有作品在各報刊發表。由於文學在許多地方是相通的，加上他們在其「本行」中，早已是佼佼者，所以他們的「遊戲」之作，都顯得頗有可觀。楊明是初加入者，又正是「情」昇到沸點的年齡，如果她肯多給點心情給詩，不久，她就會有小說之外的另一種收穫。

這首詩最傳神的是前面兩段，讀它的時候，就像有位女子，手執銀匙，輕攪杯中的咖啡與你輕聲低訴似的，顯得相當的有立體感。

此詩另一項使我感到十分愉快的，是自然，像唱歌，沒有裝飾音，沒有花腔。

商禽的〈站牌〉

站牌

這簡直是抓狂！他們怎麼把公車站牌漆成木瓜色？當我抵達招呼站時我禁不住這樣想。或許祇有在市郊，祇有圓形站牌才這樣。要不，車管處裏面有個詩人。

畢竟，開來又開走的都不是你所等候的，你等待的又老是不來。

我祇得把疲憊的身軀倚著站牌瞑目想像一輛空空的彩虹新車之出

現。

不知道為什麼站牌竟越來越矮並且逐漸消失而我的身體也跟著不斷下沉，直到背部都快要觸及地平線時我美麗的女兒才將我扶起，說：爸，太陽已經下山了。

❖魚川讀詩：

商禽的詩，永遠都那麼迷人。這首詩亦是。

他的詩沒有美麗的句子，一般讀者看慣以繁複形容詞堆砌出來的詩句，未必能欣賞他的詩的精髓所在，所以自無法感受到他的詩的魅力的強度，當然也就不覺得它是多麼的迷人了。

商禽的詩，不僅沒有華麗的詞藻，連它的內容都樸實得接近單純的地步。在一般人的觀念中，包括許多不是很成熟的詩人，總以為詩應該具多義性才是好詩。這裏，我用了「單純」二字，也許有人還會以為我對商禽詩有不敬之意。其實恰恰相反。評論一首詩的優劣，不在於「多義」與否。詩的「多義」絕不是詩人作詩的本意，完全是出於讀者的聯想。只要是好詩，即使是一首十分明朗的詩，讀者亦可能出現聯想。「聯想」是詩的效應。

商禽的詩，就像中國傳統讀書人，很清楚知道它要傳遞給我們什麼，知識的？道德的？但很多人的詩，尤其自命才氣橫溢的年輕詩人的作品，則像政客，只見它在你面前長袖善舞，能言善道，將一件平平凡凡的事，說得天花亂墜，但是其結果卻不知所云。「政客型」的作品多了以後，文壇便變得非常浮淺，在熱鬧有餘深度不足的情形下，嚴肅的詩人和作家就更加的寂寞了。

商禽最擅長寫散文詩，他的許多重要名作，都是散文詩。散文詩最討好的地方是有事件，有情節。而它最困難的地方也在此，因為詩的意象必須由事件的演進來顯現，不像散文，將事件敘述完了便是，無須顧慮餘韻。散文詩的表層是散文，它的內裏卻必須有詩。以散文的形式，包裝詩的內涵。因此寫散文詩的詩人不多，寫得好的尤少。

臺灣詩壇不乏以超現實主義自居者。可是詩人的作品真正能表現超現實主義精神的，商禽是具代表性的一位。

超現實的手法，是從現實中跳躍出來，將其扭曲，將其變形，使其出現與原貌不同的意象。而扭曲和變形，未嘗就不是它的原形，至少詩人可以作如是想。

〈站牌〉的首尾兩段，我們隱約可以體會到超現實的手法。此詩表現得最好，最傳神的是第三段。站牌隨落日而變矮而消失，看出來沒有？此時站牌已變成「落日」了。「而我的身體也跟著不斷下沉」，邏輯上是他背靠著站牌所以跟著下沉，其實從這個刻意不分割的長句的指引，以及末句「爸，太陽已經下山了」的啟示，那塊「木瓜色」的站牌，那塊等待彩虹新車的站牌，未嘗不可以將一個眼看「老之將至」，而仍有所翹望的詩人代入！

葉維廉的〈童年是——〉

童年是——

（一）

童年是
終日無所事事
在門口靜坐、發呆、望入透明的空氣裡、望入迷茫的
　遠山

（二）

童年是
終日無所事事
走上大街小巷向形形色色黑暗的屋裡探頭張望、聽深
　深的黑暗裡一扇木門兀兀作響

（三）

童年是
終日無所事事
在廢屋破瓦間尋找門環、鑰匙等等而裝了滿口袋大大
　小小奇花怪紋的蝸牛殼

（四）

童年是

終日無所事事
靠在溪邊看蝴蝶蜂鳥無名的飛蟲湧向沿溪高高低低盛
　開的野薑花

（五）

童年是
終日無所事事
把衣服脫精光在溪水裡濺水追逐，在溪瀑下任水沖打
　肌膚然後閉目遠遊到他鄉

（六）

童年是
終日無所事事
不知哼什麼那樣哼不知唱什麼那樣唱自自在在一步一

步踏出來的滿心的快樂

（七）

童年是
終日無所事事
躺在野花紅似火的山坡上看藍天裡白雲追趕著白雲
或躺在曬穀場上夜的大傘下數一夜也數不盡的星
星

❖魚川讀詩：

假若我們很細心地讀過葉維廉的詩，我們會發現葉維廉一直很小心地在求變。從他第一本詩集《賦格》開始，一路行來，一直到他的第六本詩集《松鳥的傳說》之前這段時間，他似乎為了某種美學的堅持，是那般小心翼翼地以碎步慢慢向前探索。直到過去的幾年，我們似乎感覺到他有大動作的掙扎了。我首句便用了「細心」二字，意思是：如果只是走馬看花地閱讀，很難洞察葉維廉的用心。

葉維廉是位十分嚴肅的學者，美國普林斯頓大學比較文學博士，加大教授，常受邀於國際學術會議發表論文，在國際上他的學術地位名聲，早已超越他在國內的詩名。但基本上，他卻以做一個優秀詩人為榮，所以他企盼國內讀者重視他的作品，這是必然的。他的幾部重要著作，如《秩序的再生》、《比較詩學》、《歷史、傳釋與美學》等，充分顯現出他的博學，做學問工夫下得深厚，只可惜在國內學術界好像還沒有發揮它應有的功能。他的這些著作我大致翻過，由於自己不是終日窮經的學者，所以未克深研，但他做學問的態度，卻獲得我完全的信賴。從以上敘述，我說葉維廉是位學院詩人，想必葉維廉不會反對的吧。學院詩人的特色，跟他做學問的態度一樣，謹慎而少莽撞，漸進而步步為營。

最近讀了不少葉維廉的童詩。童詩與散文一樣，是易寫而難工，既要意象，又要童趣。經營意象比較簡單，童趣的把握便不是人人做得到了。所以多數詩人都不敢輕易嘗試。而葉維廉的詩風，以及他的學者形象，居然對創作童詩發生興趣，倒使我們感到相當意外。不過若從他近年亟欲求變的心理分析，從創作童詩調整自己的心境，以便重新出發，其用心之良苦，是可以諒解的。

這首〈童年是——〉，是他最新的作品，是寫童詩之後的產物，所以相當富有童趣；他創作時的心理活動也相當活潑。每個人的童年，都有挖掘不完的寶藏；每個人想到童年，都會不由自主的全身笑了起來。所以世界上許多著名的文學作品，都與童年生活脫離不了關係。

葉維廉這首詩所紀錄的童年，他玩的，幾乎我們也都玩過。即他掌握了所謂文學的「普遍」性，題材的通「俗」性；而如何在這些「普遍」性和通「俗」性中，有傑出和「突」出的表現，就得看個人的修煉了。我最喜歡第二節向黑暗屋裡伸頭張望的意象。「聽深深的黑暗裡一扇木門兀兀作響」，使我回想起多次令自己毛骨聳然的經驗。不斷地尋找驚嚇、嚇人，惡作劇，這便是童年。黑暗中門的兀兀作響，詩的意象想像空間很大：有竊賊？偷情？有鬼怪？……孩子們最失望的，可能是風的吹動了。

仰臥山坡看白雲的變幻，深夜數星斗尋找自己的星座，本詩第七節的意象我們也都非常的熟悉。因我喜愛白虎，自信是白虎星下凡，童年在故鄉，有好長的一段時間，獨自仰望天空反覆尋找。那時連一顆星星都不認得，怎麼尋找？但我卻是那麼的執著。

讀者如果有興趣，我認為可以依自己的經驗「接龍」的寫下去。我先接一個：

童年是

終日無所事事

來到池塘邊，看見池塘裡有個大旋渦，以為那是通往另一個世界的路。

這是我自己的經驗，確有其事。可能是環境的遭遇，童年時一度我的內心相當灰色。

秀陶的〈行道樹〉、〈蝶〉

行道樹

雖然很想
但曼哈頓就是難見
愛呼嘯
善哭泣的
木麻黃
那些老在車窗邊急速衝過的

雖然也有枝有葉
多是些匆忙得任什麼樹也不想當的

蝶

海兀自呼吸著
一隻淹留的白蝶
棲身葦尖
時而搧動一下翅翼
未知是經意
還是因風

❖魚川讀詩：

現在的年輕讀者，對秀陶這個名字，可能相當生疏。不過「中副」偶爾刊出他的作品，無論翻譯或創作，都有一定的水準；由於技巧純熟、文字老道，當然不會有人將他誤會為新秀。前些時，他翻譯一輯日本名作家「荻原朔太郎」、「井上靖」等的散文詩，在「中副」刊出後，該日筆者正好與政大幾位教授聚首，閒聊間就有人提到「中副」，並打聽秀陶為何方神聖。可見人間雖冷酷，而優秀的作家並不寂寞。

在資深的一輩詩人中，秀陶確是一位十分值得重視的詩人。早年他加入紀弦的「現代派」，作品多發表《現代詩》刊和《創世紀》詩刊。他雖然已斷斷續續寫了四十多年的詩，但至今仍未見他有詩集問世，顯現出他淡薄名利的濃厚詩人性格。因此，我們要較整體的窺探其詩的風貌，便只有靠巨人版《中國現代文學大系》中的廿首詩了。他的詩給我印象最深的是不矯情，風格自然形成。他不為寫詩而寫詩，寫詩只為一時興起，所以沒有「專業」的毛病，如辭浮於情等；卻也有非「專業」的缺點，如詩風變化不大。今日的詩風與數十年前作品比較，似乎改變無多。抄一首我非常喜歡的他早期的名作〈歌〉：

點亮夜
一顆星
點亮眾星

我望著
讓一隻歌在嘴間停留
不進亦不出

讀過此詩，再讀〈行道樹〉，兩者的調子是否覺得很接近？詩的氣氛好像靜止在同一個時間和空間。「歌」的傳神在第二段，〈行道樹〉的神來之筆在第一段。兩者的文字都很淺白，意象卻十分深遠，需要讀者以智慧去體會。

另抄一首〈勞動服務〉：

著白運動衫的隊伍
彎身拔著野草
他們是午餐間
吃著空心菜的
張排附的
不整齊的牙齒

此詩的手法和前面的〈蝶〉同出一轍。藉外在的形象析射詩人內心世界的活動。〈蝶〉則較接近超現實。〈勞動服務〉，他將士兵彎身拔草，看成排附的牙齒。兵士的生活控制在排附的嘴裡，就像牙齒控制在排附的嘴裡是一樣的，聽由他的張合。

〈蝶〉是寫海中的月，寫洗滌在海浪中的月，所以有動的感覺，有蝶的感覺。而不是常見的，將月比作碟、比作盤。「海兀自呼吸著」，是指潮漲潮落。一日之中海水漲落兩次，日間受太陽吸引，謂之潮；夜晚受月亮吸引，謂之汐。潮與汐只為區別日與夜之分，其實都是一樣，是大自然週期性的現象。「一隻淹留的白蝶/棲身葦尖」，詩人所看到的月，顯然是清晨的落月，所以有既「淹」尚「留」，令人感傷的畫面。「葦尖」是指浪頂，月搖晃在浪頂，宛若蝶棲身葦尖。「時而搧動一下翅翼」，是浪盪月時所造成的錯覺。

〈蝶〉最弱的是結尾兩行，是補充說明句，有必要建議作者再斟酌。

梁正宏的〈相親〉、〈名片〉

相親

點一客喬太守
再沖泡杯愛情

個性生肖學歷身高體重嗜好
旋一匙緣
即溶的兒女情長

在筆挺對坐中
浪漫地
批閱婚姻

名片

量身姓氏
裁剪名銜

燙金加蠟
印刷精美的薄薄一紙臉譜
比自己更善於複製自己
熱絡地向握手
交換

❖魚川讀詩：

中副「新一代作家」專欄，對梁正宏有過簡短的介紹，所以知道他是清華核工所的一位年輕教授。學理工，而時有文學作品發表，其對文學的興趣一定非比常人。因此，對這類型作家的作品我會倍加的留意。

某些詩人標榜現代詩是反抒情的。抒情的背面是「知性」，而其結果，以他們自己的詩來印證，仍是抒情詩較多可讀。刻意強調出來的「知性」作品，便顯得僵硬做作，不僅失去自然美，而且詩意盡失。詩如沒有了詩意，真不知寫詩所為何來。

現代詩是否現代，跟是否「抒情」，或是否「現代」，是一點關係也沒有的。杜甫的詩有抒情，也有知性，李商隱的詩有抒情，也有知性。「知性」和「抒情」於文學中，尤其在詩中，兩者都是不可少的。抒情如果失控，很容易出現濫情。「知性」的最佳作用就是使作品免於「濫情」。理工科出身的詩人，竟日生活於實驗室，重分析和組合，其思考方式可能和一般習文的完全不一樣。「詩心」的活動，亦可能與一般詩人有別。因此從他們的作品中，多發現一點「知性」，少出現一些「抒情」，想必是對現代詩具有強烈使命感的前輩詩人所樂見的。

梁正宏這兩首「小令」，是生活的感懷詩，批評和諷刺性頗強。而難得的是，甚少個人性。我用中國古典的名詞「小令」，不用兩首「短詩」，加在一位理工科學者的作品身上，感覺上似乎格外的像個文學「名詞」。

「相親」這風俗，在臺灣仍相當流行；但成功率極低，多半是「喬太守」亂點鴛鴦譜。我有個學生，大學畢業做了幾年事，又去美國唸了個學位回來，經她父母安排相過幾次親，沒一次成功。不是對方學歷低，就是身高不如人；嗜好之外，還有家庭背景也是問題。當然也有一拍即合的，在咖啡屋裡旋一旋小銀匙，即能旋出「兒女情長」的，亦時有所聞。在現代生活中，有許多「即溶」食品，年輕人的情感更是即溶得快。

臺灣選舉流行賄選。賄選花招百出，「金名片」三兩五兩、一錢兩錢不等，一張名片交換一張選票，也常有傳聞。名片的頭銜多得嚇人，我收到過一張兩面印有三十六個頭銜的名片。梁正宏的「燙金加蠟」，現在還流行將照片印在名片上，目的在加深印象，要你牢記在心。有作家名片印著「出賣小說的人」，頗有趣，如只印「作家」或「詩人」，就肉麻了。這便是梁正宏說的為「量身」必須「裁剪名銜」。〈名片〉末句「交換生活的重量」，為名片功用下了個新的定義，它不是用來炫耀身分，而是告知對方自己所擔負的責任。照常理應該是職位愈高，壓在肩頭的擔子就愈重，可是事實有時似乎並不全是如此。

管管的〈青蛙案件物語〉

青蛙案件物語

吾去澆花
發現躲在花葉深處
一隻綠色青蛙

這五樓之高
是怎樣爬上來的

青蛙？
放著樓下清淺長草的水溝
不住？
跑上五樓陽臺
做什麼？
也許有個池塘
躲在吾家
什麼地方？
或者吾們家裡
有隻青蛙？

記得好像偶爾聽到幾聲
蛙鳴？

不對
吾想那是在夢中

到底這隻青蛙
是怎樣
爬上來的呢？

難道青蛙會飛？
這麼說人也該
會飛了？

是誰送來的一隻青蛙？
不會
是
人吧？
也許吾們家是真的
還躲著
青蛙？

＊後記：那個人下定決心不去找那隻躲著的青蛙。去看書。別管牠。……唉！不要去想牠！喝酒！喝酒可以忘憂。喝酒！……哈！兩瓶了。……怎麼青蛙在酒瓶上？……說不去想牠。喝呀！想李白斗酒詩百篇，長安市上捉青蛙！哎！又是青蛙！想酒中八仙想劉伶想竹林七賢，那裡醉、那裡埋，鋤！一鋤鋤出個青蛙來！去！想人生幾何，對酒當歌，想慨當以慷、憂思難忘，何以解憂？唯有青蛙！去他媽的青蛙！出去走走再說……？

他披衣夜行，夜涼如水，四面蟲聲唧唧，獨欠蛙鳴！又是青蛙！絕對不去想牠！月明星稀，烏鵲南飛，繞樹三匝，無枝可棲？飛，繼續飛！想江山依舊在，幾度夕陽紅。想俱往矣，數風流人物，還看今朝。想蒼山如海，殘陽如血！想蕭瑟秋風今又是，換了人間？想，怎麼就看見手中酒瓶裡有隻青蛙在跳？想，還是回去睡，睡著了就不想了。他回到家中發現家中地板上全是青蛙，且不住的鳴叫。

可是他並沒有回家，一個農夫發現他手拿酒瓶醉在一個真的有青蛙的池塘邊。就在往福山的路邊一家農家的附近。那已經是第二天上午。人喝了酒什麼事都做的出，旨哉斯言。包括人喝醉了會飛在內。是為記。又及：青蛙田雞北人不知食，因此荒年會多餓死幾個，笨哪，據說肉永遠煮不爛，挺性格，說吃了會叫，那只有小孩才成。

❖魚川讀詩：

〈青蛙案件物語〉，「物語」一詞來自日本，是外來語，是敘述故事的意思。最著名的物語有《竹取物語》、《伊勢物語》及《源氏物語》等。後者有林文月翻譯本問世。

〈青蛙案件物語〉是意象清新的自由詩，「後記」則為有情有趣的散文詩。兩者其一為「金枝」，其一為「玉葉」，是詩人作「青蛙」的意外收穫。「青蛙」的成功，應與「後記」合起來評論。

我一向不贊成詩有前言或后記，我堅信文學作品是個獨立而完整的世界，一切都應該由作品本身來告訴你，沒有必要假其他人（後記）的手。它們不僅對作品無益，反而有害。通常后記記的是創作時的時和地，以及與創作時有關的人和事，例如觸發他靈感的情景等。但是我們不要忘記，一個作品完成以後，即已賦予一個完整的生命，它的生命往往是和后記中所記的種種完全沒有關係的。有過創作經驗的人都了解，我們現在所寫的，未必是現在所發生的事。有位詩人中年後寫情詩，被他太太發現了，硬說他不忠，好長一段時間與他吵個不休。據說那是位醋勁很大的太太。其實他是回憶他故鄉的青梅竹馬。「後記」唯一的用途，是為以後的研究者提供資料。那些文學批評家沒有它們是寫不出文章的。寫杜甫的「秋興」，必先交代它是唐大曆元年杜甫五十五歲，旅居夔州時的作品。寫李清照的〈夏日絕句〉，必先將北宋的腐敗無能針砭一番。其實讀者需要的是作品的美感，如〈夏日絕句〉：「生當作人傑，死亦為鬼雄。至今思項羽，不肯過江東。」我們只需感受它的悲憤雄壯情懷，其他便可有可無了。

但是管管的這種「後記」，我不排斥，而且欣賞。因為它是詩，不是解釋詩的附庸。它為「後記」文體開了個新例。很切近「物語」文學。這「後記」起首二行就給我們一個很愉快的氣氛。「那個人下定決心不去找那隻躲著的青蛙。去看書。別管牠。……唉，不要去想牠！喝酒！喝酒！喝酒可以忘憂。喝酒！……哈！兩瓶了。……怎麼青蛙在酒瓶上？」其實他有沒有在找？有。他在書本中找，要讓知識站出來變成呱呱叫的青蛙。即使憂傷失望，借酒消愁，他仍時刻想著青蛙。青蛙才會出現在酒瓶上，那是幻影。

認識管管的人，或與他同桌交錯過的人，都會覺得管管是個很熱鬧的人。一段小花臉或鐵板快書唱下來，您會被他的表現藝術的才能嚇著。其實他只會那麼兩招，他的內心世界是個寂寞又憂鬱的人，不然他怎能成為一位優秀的詩人呢。且看「後記」的最後幾句：「青蛙田雞北人不知食，因此荒年會多餓死幾個，笨哪。」這是詩人的感嘆，有不被重視，不被發現的寂寞。青蛙是可以充飢，可以使人免於飢餓的，牠那富節奏的呱呱呱的叫聲，至少在精神方面是可以療飢的。

〈青蛙案件物語〉從第一句「吾去澆花」到第四段「也許有個池塘／躲在吾家／什麼地方」，詩中的「吾」是單數，是指詩人自己和他自己家。從第五段起到結尾，便將單數改為複數「吾們家」。無疑的，他希望他家的青蛙成為大家家裡的青蛙。他正在尋找的青蛙，也正是大家想要尋找的青蛙。「也許吾們家是真的/還躲著/青蛙？」這句詩具提示作用，不必是問句。

倒數第二段，詩句的排列相當費心思，一句「不會是人吧？」一般的口語散文，如不經過詩的處理，便顯得毫無意義。但卻因詩的特殊排列而產生出多意象的詩。一般人認為不通或不合文法的句子，在詩中它卻是這般的合理和合文法。此即為常常被文法家們非議的原因。我試將這段詩改為兩人的對話：「是誰送來的這隻青蛙？」「不會的，他不會送青蛙給你」「那麼是什麼呢」「大概是人吧」。另一種對話是：「是誰送來的這隻青蛙？」「當然不會是牠自己跑到五樓來的」「那麼牠是怎樣上來的？」「當然是有人將牠送上來的」。總之，詩中的青蛙是不能和人分離的，詩人寫的絕不是純粹的青蛙。

「後記」告訴我們，那個找青蛙的人，被「一個農夫發現他手拿酒瓶醉在一個真的有青蛙的池塘邊」。此時，如另有一個找青蛙的醉漢打池邊經過，想必會將他當作青蛙看待。

羅任玲的〈下午〉

下午

在陰暗的花園裡
裝置皮筏救生圈
被沈默層層包圍
蔭涼的陽光後面
有誰埋下誓詞
軟綠潮濕一如往昔

走上彩虹的背影
唱一支歌
讓雪花紛紛斷了線
像許多細小淒美的風箏
「沒事了」
有誰說　音樂　吃一小塊烘餅

光陰乘著死亡來去
像雨水一樣簡單
像無事的一個下午
誰靜靜
發現了夢

❖魚川讀詩：

有諸多讀者來信，問為什麼這麼久未見我再「讀詩」，尤其難得的是有位遠自德國的讀者，前後來過兩封信，說他很喜歡詩，是在德國的大陸留學生，現在正蒐集資料，準備寫有關詩方面的論文，「魚川讀詩」他每篇都剪，還附來個目錄，問我有無遺漏，令我十分感動。

其實過去的這段日子，我仍非常認真的在讀詩，只是極少作品能讓我有特殊的心得。而另一個使「魚川讀詩」專欄停了這麼久的原因，無非是忙，我現在每天仍需要十二小時才能將工作勉強交代。像羅任玲這首詩，放在手邊已有好些日子了，看過好幾遍，只覺甚佳，但始終無法坐下細品細讀。不過既然「魚川讀詩」有這麼多人喜歡，我決心要繼續「讀」下去。只「讀」，不建立理論，也不引用理論，作者也就不必怕我將他們歸類了。

羅任玲是位年輕秀麗的女詩人，外形溫順而不多言。但是她內剛外柔，任何用在批評女作家作品的名詞：婉約、閨怨和閨秀，全都不適合引用來討論她的詩。在〈下午〉這首詩裡，我們感受到一股強烈的安寧的氣氛，以及女性特具的細緻。她寫的是內心世界的活動，但可不是李清照「寂寞深閨，柔腸一寸愁千縷」（點絳脣詞）那種「閨怨」。在現代這個開放的社會，即使李清照再世也寫不出她那種淒美的詩了。李清照這句詩所滲透出來的，正是詩人和作家要追求的「文學的力量」。〈下午〉這首詩所表現的是一份安寧，一份安詳，於安寧安詳的環境中，思考生命：「光陰乘著死亡來去／像雨水一樣簡單」。我們感受到它的安寧，是文學的力量，也是文學的美感。

很少人了解詩是可以寫氣氛的。詩不見得一定要告訴你什麼。「採菊東籬下，悠然見南山」陶淵明寫的是剎那間的心境，是最真實的人格的呈現，至於「南山」是否確有這座山，便不十分重要了。

〈下午〉的氣氛重於意象，它的意象又像詩中的句子「雪花紛紛斷了線」，如果你沒有意象的組合能力，是不容易讀出它的妙境的。因為它的每一段所呈現的心境都不一樣，它不是採疊景的表現法，而是藕斷絲連的排列。有人遇到這種情況的詩，喜用「多意象」加以美化，我非常以為不妥。這是不負責的評詩的態度，因為它對詩沒有好處，多意象的詩會走上文字遊戲，我厭惡這樣的詩風。

詩的首段，是寫陽光曬不到，潮濕一如往昔，午後時分，其沉寂的情形，必須以層層的沈默來加強形容。這一段她用了幾個不是很開朗明亮的形容詞：如「陰暗」「蔭涼」以及「潮濕」。這些形容詞雖然可視為是寫實，但也未嘗不能被認為是作者心境的反映。「裝置皮筏救生圈」，這句詩是需要一點聯想工夫的。現在的花圃，普遍裝有透明塑膠柵，為防暴風雨，也為保溫。詩人把它說成「救生圈」，我以為是沒有比這更好的比喻了。

「走上彩虹的背影」這句詩極妙，明明是在陽光的背面，明明是走在陰暗的花間小徑，她卻說是走上彩虹的背影。我常說寫詩比寫散文過癮，一個有才氣的詩人，就像是位超神入化的魔術師，文字在他的手掌中變化無窮，有意思極了。「唱一支歌」以忘憂，因此才有下一句「讓雪花紛紛斷了線」，以歌聲融化雪花，融化詩人內心的憂愁，這兩句的表現手法也不落俗套，甚富創意。

「下午」之後，很快就近黃昏，詩人的敏感，自然會警覺到光陰消逝的可怕。可是她卻創造了一個十分瀟灑的形容詞「像雨水一樣簡單」。過去人以滴漏計算時間，我想她的靈感來自這個先人的生活。末尾「誰靜靜／發現了夢」，「夢」的含意可以是時間，也可以是生命，它還可以是對過往錯誤知識的一種覺醒。

零雨的〈愛之喜組曲〉

愛之喜組曲

①秋之木葉

熾熱的叫喚，在林木高處
空曠的草地翻身匐匍

但他終入我懷，紛紛，隨風鼓勇

他是心甘情願的。況且我的懷裡
尚有夏日餘下的溫度

但不是這些——
就算雪也入懷，滲入骨髓
也仍是溫馨的
只因我是——
以愛的姿勢躺臥

②青絲

這一束青絲，採擷
自青春的樂園
卻沒有什麼快樂的痕跡

相較於白色的憂患
這黑色線條貯存一些私秘
——華年初始，有女懷春——
便因此有了一些快樂
便因此不能再追究了

③相逢

在乾旱的河谷，不知名的
一次相逢
曾經叫做黃河，叫做長江
我的淚水
從他的眼睛流出

然而旅行太久了
如今怕也流不出來了

如果叫我笑
我也能夠
只是此去，必是杳無人跡了

④寓居

這間屋子還能住多久呢

窗帘洗了
地也掃了
還沒有人來接我（外面

有許多聲響，但無須
驚怕——）

靜默。看窗帘飛翔
如鼓翅翼——怎麼感謝他

在離開的時候擁他入懷
靜靜貼著臉耳語，該離開時
總要離開

笑——是最悲哀了
但也不能用眼淚那樣的儀式

❖魚川讀詩：

零雨的詩，空間非常之大，這是他的詩最大的特色之一。

由於想像的空間大，明明是一首抒情和充滿感性的詩，卻因為意象無法隨閱讀者的閱讀而落實，所以變得知性了起來。

一首好詩的完成，必須先有感性，而後再透過文化的思考，圓熟技巧的營造，讓知性進來，加強意象的深度與廣度。文學家知性的思考是絕對有其必要的，而且是必須強調的，否則諸如生命的、人性的、歷史的主題都無法顯現。可是文學拒絕純粹知性，因為文學不能失去對感性的把握。這便是文學的思考有別於哲學的思考領域。零雨的詩常出現人性、歷史的探討的主題，但基本上仍然相當感性；只是它的抒情部分，相較於他的詩所表現的空間，自然就被「淡化」了。

零雨最先出現於《現代詩》季刊。臺灣的重要詩人，尤其資深的一代，幾乎都是在詩刊中歷練出來的。零雨的這個「出身」對他以後的發展有很大幫助。他一開始便無須考慮文學以外的事，只須寫好詩即可。詩刊對詩的要求又比一般刊物要高，一起競技者也多，所以已使他無暇顧到藝術以外的事。這種性格養成，長年下來，與臺灣整個文學環境的發展可能不很協調，甚至彼此間出現裂縫。但有一天，詩的文學市場，是根據藝術成分的高低來調整時，他的嚴肅和對理想的堅持，將是一個明顯的指標。我常為活躍於現代詩刊中的年輕人而慶幸，因為他們有機會和一群志同道合的人在一起琢磨自己，待練好一身武功之後再出山，在江湖上的聲勢自然不同凡響。例如夏宇，也是在詩刊中，和一群資深詩人們一起練就一身拳腳之後，才在江湖上通行無阻的。

零雨這個名字在詩界出現，是最近幾年的事，而且很快就受到前輩詩人的注意，獲得年度詩獎，以及同儕詩人的仿效。主要原因是他努力設法站到前輩詩人陰影以外去，讓人看起來特別地清楚。文壇不像政壇，資深而有成就的詩人和文學家，都不希望年輕作家站到自己的陰影裡來，對那些站在自己陰影或其他人陰影的年輕人，多半不會重視，甚至多的是負面的批評。文學是非常個人的，它不需要接班人。接班人是二三流貨色。李白和杜甫都沒有接班人，雖然晚唐有所謂的「小李」、「小杜」，終究還是小了一號。

〈愛之喜〉這輯詩中的「愛」，可以視為是男女的愛，大地的愛，生命的愛，和人間的愛，往那方面解讀都行。總題「愛之喜組曲」，「愛」和「喜」在這裡都是動詞，其重要性不分軒輊。熱愛生命和對生命充滿愛的喜悅，都是詩人所要著墨的。詩人以愛為主軸貫穿整組詩，以喜悅的心情營造詩的氣氛。從這首詩，我們看到零雨的人生觀是「放」，而不是「收」。只有「放」的人生態度，才能有「青絲」這樣的心境。當象徵「華年初始，有女懷春」的「青絲」有了「白色的憂患」時，零雨卻顯得非常泰然，他說「便因此有了一些快樂，便因此不能再追究了」。「追究」什麼呢，追究青春，追究年華；不能再追究應該失望才對，但他反而感到「有些快樂」，這豈不反常？我有一友人女兒，二十出頭，一日發現頭有白髮，即緊張地一定要她父親告訴她，是她們家有少年白的血統，這樣她才安心。人生的遭遇許多是很無奈的，有時不妨反常一點去看人生，去感受人生，快樂可能是在反常的一面。

「青絲」是寫少女的回憶。「秋之木葉」是渴望秋收，「熾熱的叫喚」表現出詩人焦急的心情。「翻身匍匐」令我想起農夫彎腰鋤草辛勤耕耘的畫面。「他終入我懷」這「他」很費解，但有「紛紛，隨風鼓勇」替「他」作註解，所以「他」應回歸題旨，是指木葉，或紅透了的果實，絕非人稱代名詞的「他」。「就算雪也入懷，滲入骨髓」是指現實的殘酷和受折磨，可是由於有愛，「以愛的姿勢躺臥」去接受，所以仍無損於以「溫馨」之情去感受生命的歡愉。

「相逢」十分抽象，讀者要將它具體化很難。「乾旱的河谷」說它是時間，是歷史的長河，是生命的旅程，都是通的。說它是愛之河，也未嘗不可。跟誰相逢？跟命運，跟愛，與愛牽著手在河谷中緩緩而行。第二段是寫現在已經乾旱的河，卻曾經洶湧過、澎湃過，若黃河和長江。「我的淚水／從他的眼睛流出」，這兩句詩寫盡了詩人內心的哀痛。要講詩的文采，這兩句詩已發揮無遺。文采不應是美麗的辭藻，而在於它不借助其他形容詞下，能將詩的意象完全呈現。

如果我們是以對生命的愛，一直衍義下來，「寓居」該是生命終了的告別狀況，處理得乾淨俐落，將使用過的小屋打掃一遍，歸還原主，然後將陪他一生的愛擁入懷裡，告訴他該離開的時候總是要離開的。「笑——是最悲哀了，但也不能用眼淚那樣的儀式」，這不是莊子「鼓盆而歌」嗎？莊子和零雨拒絕以眼淚表達內心的痛苦，零雨說「笑——是最悲哀」的，我相信。「還沒有人來接我」，別急呀，零雨。

藍菱的〈色彩——地中海二題〉

色彩——地中海二題

1

山上一盞燈　晨霧輕輕抹去
古老的石屋垂掛著露珠
一塊塊　分布路旁如晶瑩的大石頭：
童話的第一頁

為何不見蘋果樹而只有玫瑰
只有拖拉機和
單輪手推車
被棄於河的兩岸
一陣農工的吆喝聲裡
四月的燕子矯捷飛過
飛過了　圓傘鼓鼓的咖啡座
店鋪發亮的玻璃櫥窗
珠寶與首飾　跳出顏彩來
絲巾飄揚印著法蘭西字號
噴泉　陶瓶與瓷壺　叮叮
咚咚　終於飛出巷外去
留一片陽光　給晨起工作的人群
自行車扔下一串鈴聲在街心

送牛奶的人來了又去
婦人在晾衣服　自這頭
到那頭　輕飄飄的風
漫漫的一天
貓又走回後院去
一切恢復無聲
靜　有如數片葉子
自童話的某一頁飄下
醒來時　地中海拍著輕輕潮浪
南北的船桅交織成畫
一次次地來　又一次次地去

2

蝸牛靜伏

早春的雷聲裡
雨　又將橄欖樹滌洗一次
偎依在整潔的墓園旁
橄欖樹閃著光芒
水　疏密漏過

兩朵紅玫瑰　獻給爺爺
一盆白菊　請乖巧的孩兒收下
石與石並肩在冥思中
白　映入眼界如粉筆的揮落
偎依在翠綠的橄欖樹邊
偷偷地戀愛　再走一遍
世界

無數的飛鳥來過　無數的晨昏
攜帶鉗子的園工　村狗
恭敬的親人　童年　情侶們
來過
輕雷轟轟來自地平線　雨水
親吻著泥土
還有不斷散發著的　橄欖樹
又一次散發毛毛雨的光亮
點點滴滴　乍聽之下就是天空的色彩
輕輕一觸　竟是記憶的雨絲似有若無

❖魚川讀詩：

詩人常喜以詩句造景，詩人也常喜以詩句畫景。無論是造景或畫景，都是為了詩境。無詩境，所有的景都不是景。「山上一盞燈，晨霧輕輕抹去」，是詩人以詩句說景。說景最難，因「說」通常是散文，以詩說景，即是要以詩句替代散文，但目的不變，還是為了要說出詩境。

藍菱這個名字已許久沒有在臺灣的媒體上出現了。她的詩評價不弱，早在廿多年前，由余光中、瘂弦、朱西寧、梅新、洛夫等主編的《中國現代文學大系》，就選入她的作品。她的詩，雖已有明顯的轉變，但變化不是很大，只是比過去更穩健，更能感覺到中年人特具的渾厚之美。現代詩中美的意象語的句子，已經不再缺乏。而渾厚的整體的美感，則有待詩人的努力。詩人可以語不驚人死不休，但詩人的成就在於對人文的關懷，在於以詩的藝術激發悲天憫人的情性，而不僅僅只是為了幾個美麗的句子。

〈色彩〉寫的是地中海的湖光山色，以及獨特的人文景觀。實質上是遊記詩。遊記詩非常不容易寫，因它必須將自然之景與詩人心中之境揉和在一起，所以一般都不敢輕易嘗試，寧願寫散文。

「古老的石屋垂掛著露珠」，我們將全詩細讀之後，會發覺這是一句充滿傷感的詩。詩人為何不見象徵古文明的石砌古堡的蒼鬱雄偉，而只見石屋上幾滴小小的露珠呢？問題就出在這裡，詩人是懷著童話故事中美麗世界的憧憬而前往造訪的，未料展現在眼前的卻是滿地丟棄的全是手推車和拖拉機等現代機械垃圾。所以詩人失望之餘，認為那個文明古國度應該哭泣；垂掛在石屋上的露珠，在詩人眼中應該是淚珠而不是露珠，至少在詩的意象上應該是如此。

櫥窗裡的珠寶「跳出顏彩來」，陶瓷瓦罐叮叮咚咚的聲音「飛出巷外」，送牛奶的自行車「扔下一串鈴聲在街心」，幾個形象鮮明的形容詞，將那兒人們生活的街景十分生動的描繪了出來。其中又以「跳出顏彩」，來形容櫥窗珠寶豐富存量最為特殊，試問如果不是五光十色，各色珠寶大小雜陳，又如何能予人以「跳出」的感覺，所以這個動詞兼形容詞含義深厚，得來不易。

〈色彩〉第一首是寫地中海一日所見，從晨霧、農工上班到送牛奶、到婦人洗衣曬衣。對時序的轉換，詩人也用了很巧妙的技巧：「貓又走回後院去」。貓是夜晚活躍的動物，貓回到後院無非是說又是夜晚了，牠又要開始狩獵了。寫詩的原則是凡事不直接陳述，必須讓相關的事物來替代，讀者必須透過它們才能了解詩的含義。

〈色彩〉第二首，寫的是墓園的寧靜，生命的尊嚴，以及追思與緬懷。人生有如嚼橄欖，生澀、但回甘，愈嚼愈有味道。墓園種橄欖，其象徵意義勝過松柏。第一段詩人以排列的形式強調出「雨」和「水」在這首詩中的重要性。雨自橄欖樹的頭頂淋下，具滋潤和考驗橄欖成長的多層意義。水是一切生命之源，「疏密漏過」，「疏密」是指富貴貧賤，或人生的長短。「漏過」是指一樣都是生命，有生有死，誰也不能例外。

第一段是雨水，末段還是回歸雨水。「雨水親吻著泥土」，是生命回歸泥土。「橄欖樹又一次散發毛毛雨的光亮」，這些光亮是什麼呢，是無數飛鳥到墓園覓食或築巢，是盡責的園工為他們整修墓園，是村狗對主人的懷念，是親人、情侶送來紅玫瑰或白菊。這些全是生命留在世間的光輝。「輕輕一觸，竟是記憶的雨絲似有若無」，「一觸」當然是觸摸橄欖樹，觸摸人生，而它們是像雨絲般隨風而逝，落地即刻消失。三代以上的列祖列宗，有多少能叫出他們的名字，或記得他們的形象，但他們卻確是曾經存在的。所以詩人說生命像「雨絲似有若無」。藍菱的詩最大的特色是悠閒，一路寫來閒適自然，沒半點造作，像這個結尾的詩句，寫生命但仍是這麼的輕快、自若，在結構上也達成了綰合全篇詩的意象的作用。

蘇紹連的〈笑容〉

笑容

在街頭，一個小孩對我微笑
他只有五、六歲吧
像潔淨的一塊玉，的面貌
像白鴿的雙翅，的臉頰
藍天中，唯一的一抹白雲
停在離我不遠的街道上

我和他之間
因快速而失去形態的車子
因忙碌而腳步不斷移動的人們
造成隔絕
和不隔絕之間
模糊和不模糊之間
有一個短暫的空隙
讓我驚見
他怎會是老人一樣的笑容呢

❖魚川讀詩：

蘇紹連給人的印象是擅長寫散文詩。

散文詩在臺灣的詩人當中，作品成就較有可觀的，自然要首推商禽，他的許多重要作品均屬散文詩形式。散文詩並不好寫，因為它首先必須是詩，如把握不好，很容易淪為小品文。

蘇紹連有首〈獸〉我非常喜歡，雖是廿多年前讀的，其意象，其表現手法，現仍覺得十分新鮮。抄第一節供大家欣賞。

> 我在暗綠的黑板上寫了一隻字「獸」，加上注音「ㄕㄡˋ」，轉身面向全班的小學生，開始教這個字。教了一整個上午，費盡心血，他們仍然不懂，只是一直瞪著我，我苦惱極了。背後的黑板是暗綠色的叢林，白白的粉筆字「獸」蹲伏在黑板上，向我咆哮，我拿起板擦，欲將牠擦掉，牠卻奔入叢林裏，我追進去，四處奔尋，一直到白白的粉筆屑落滿了講臺上。

蘇紹連是教書先生，終日面對黑板，從黑板中頓悟出詩，就像我曾從編報，從組版中頓悟出詩一樣，是特殊經驗的產物。所謂文學的特殊風格，就是仰賴這種特殊經驗而完成的。黑板已非全黑，而有綠色的，將綠色的黑板聯想為綠色的森林，是合乎邏輯的。此時我想起某位中國大陸詩人有首名詩，題目是〈生活〉，全詩只在一頁空白紙上印一個「網」字。而蘇紹連在一塊綠色的黑板，以白色的粉筆寫了個「獸」字，如果小學生換成讀詩的人，其感覺比上述的「生活」更為強烈。

讀詩不同於讀小說，一個字和一個小音節都不能疏忽。「加上注音ㄕㄡˋ」，這句於指事的功能上，比單音的「獸」字要強多了。中國的單音字，需要藉語音的高低加深其意義，或改變其意義時，就沒有英語和法語來得容易了。蘇紹連運用注音符號補救單音字的不足，實有其高明之處。讀者不妨先讀「獸」，然後讀「ㄕㄡˋ」，對獸的感覺是否出現強弱之分？

現在我們來談他的這首〈笑容〉。「笑容」是從甜美到苦澀，尤其讀完最後一句「他怎會是老人一樣的笑容呢」，一個小孩的臉上出現老人的笑容，這世界還有比這更糟的嗎？為什麼會這樣呢？詩中只有兩句提供我們一些線索，即「因快速而失去形態的車子，因忙碌而腳步不斷移動的人們」，此兩句寫的是急遽變遷的社會，以及為生活而終日奔波的人。孩子天真無邪的笑容，象徵歡愉，象徵寧靜，像花一般的開著，它象徵大地的希望。可是它被象徵追逐名利而使自己變形的車子，以及每步都是自己也都不是自己的腳步隔離了。換來的是老人滄桑的臉、淒涼的和無望的苦笑。我們亦可作如是觀：那張孩子的微笑的臉是詩人對自己童年的回憶，那張老人的臉是詩人對自己現在的寫照。它們之間只隔著一個似隔非隔，模糊又不模糊的空間（過去的歲月）。

詩的第一段第三第四行各省了一個「他」字，這兩個倒裝句，依一般的文法，是不通的，它應該是「他的面貌像潔淨的一塊玉，他的臉頰像白鴿的雙翅」。其實它如果不用逗點硬從「的」把它分開，將這標點拿開，是很通順的。詩人故意把它弄得不通順，是想給讀者讀詩時有重新組合詩的機會，增加一點讀詩的情趣。

閱讀現代詩，我們常會發現詩的結構普遍不夠完整，而這首〈笑容〉則以老人回應童年，以人生的漫長歲月作結，相當完滿、嚴謹。

翟永明的〈孩子的時光〉

孩子的時光

祖母和孩子坐在戲園
半世界蒼髯浮生
半世界紅粉佳人
讓祖母惹動了痴心
在這小鎮

雖然是夜晚
挑起了油燈　我的心
也隨地毯翻滾
也隨鏡鈸幫襯
青衣放開歌喉　口吐芬芳
她的小小摺扇遮蓋了她
淒楚的臉龐　流盼的波光

一樣是半壁河山　晴天如洗
一樣是祖母的小小戲園
伴我幼年
繞場臺步　錦袖翻飛
滿臺月亮照不見一老一少
臺上已過去千年

臺下仍是一盞茶的時間
——真戲在作
　假戲在演

雖然是夜晚
填起了花面
我的心
也隨他「點絳唇」
也隨他「醉高歌」
一聲高腔　遏雲繞樑的霓裳
將軍聽到了劍在匣中跳動
他看到了明天的戰場

祖母抻了抻她的藍布衣衫

長及膝蓋　她的身段也繾綣
臺上人輕裝窄袖　一色的瀏海
臺下人擊節輕叩　一齊的喝采
祖母出神的傾聽
想起了尚未出閣的當年

我只是個七歲的孩子
在臺下游動
鼓點鏗鏘　我看到了死亡
才子與佳人　將軍和勇士
以及冤死人的鬼魂
駕著長風　都在齊聲合唱
青煙裊裊　水袖飄渺
纏住了我一生的目光

❖魚川讀詩：

翟永明是大陸著名女詩人，作品口碑早已輾轉傳入臺灣現代詩界。她是四川人，地屬內陸，不如上海、北京作家與臺灣交流頻繁。所以這次是第一次讀她的詩。與早年大陸流行的朦朧詩比較，她的詩確是一股討人歡喜的清流。《現代詩》雜誌主編楊小濱在今年七月出刊的該刊女性詩專號卷首語中說：「翟永明、唐亞平的詩風在九十年代的變化，從本期的作品中也可窺一斑。」楊小濱是在耶魯唸博士的大陸詩人，對大陸詩的發展有其深刻的了解。楊小濱的話，是否即告訴我們，翟永明的詩也是從朦朧中走過來的？年少時跟著流行走，誰都難免，有的走幾步就回頭尋找自己的路，有的則執迷不悟，不解對錯，跟著大隊人馬繼續走，這就考驗個人智慧的高低了。

有人以多如「過江之鯽」來形容大陸詩人之多。大陸的詩刊也多。官辦詩刊倒有限，地下詩刊則不下數百種。大陸的新聞媒體篇幅少，版面小，副刊內容又以通俗、趣味取向，能為詩人服務的機會，根本無法與臺灣相比。所以三五好友只要籌得起印刷費，便出一本刊物琢磨琢磨各人的詩藝。這也是很正常的事。至於說詩人多，在十二億多人口的國度裡，出現個幾千幾百的詩人，其實也不算什麼。我要說的是，能在那樣多人，那種不是很文學的環境中冒出來，受到大家矚目、稱許，便不是很容易了。

大陸許多文學家的名氣是官方給的，是官方吹捧出來的，我就見過許多「名」「實」十分不相符的所謂名詩人，他們來臺灣訪問，臺灣的詩人還把他們奉為上賓，後來讀他們贈送的書，寄來的創作稿，往往令人失望，對大陸的名家也自然要打起折扣來了。翟永明是一弱女子，又聽過許多嚴肅的詩人在我面前推崇她，所以我已留意她多時，也不知是否已有詩集問世。

〈孩子的時光〉，是首回憶詩，予人的第一感覺是親切和甜美。古今中外的詩，多的是哲學人生，警世之語和悲苦經驗，偶而讀到一首輕快莞爾的詩，就會感到無比的喜悅。今日詩壇，大陸和臺灣一樣，就缺少這樣的詩作。詩人們實不宜給自己太多的壓力，也不宜給詩太多壓力，少賦予詩的各種使命，詩不是用來傳達使命的，這一點詩人們應該懂。「孩子的時光」雖然也有「臺上已過去一千年，臺下仍是一盞茶的時間——真戲在作，假戲在演」，對歷史嬗遞之速和現實的短暫，以真真假假演出的人生，發諸內心的感嘆，但全詩寫的仍是回憶兒時之樂，並無藉詩警世的意圖。

祖父母牽著兒孫們去看戲，是你我都曾有過的經驗。現在的臺北和大陸的大都市，大概已經看不見這種親情生活景象了，孩子們看戲，興趣不是在臺上，而是在臺下，跟著鑼鼓點繞著戲臺捉迷藏，比看曹操的奸相，王寶釧的悲狀樂多了。不過翟永明畢竟是女孩子，早熟，又畢竟是個詩人，小小年紀便有強烈感悟能力的慧根，從輕重緩急一個節奏一個動作的鑼鼓點中看出了生死無常，紅顏薄命，人世的險惡以及冤獄冤鬼充斥人間。

此詩看似明快易懂，其實蘊藉深刻。詩的第一段就有文章可作。「讓祖母惹動了痴心／在這小鎮」，在這裡清楚的告訴我們，首次「祖母和孩子坐在戲園」，是坐在小鎮裡，小鎮就是詩中的「戲園」。世界無限大、一切的人與事，均可以縮小到一個小鎮上來表演。小鎮上住的一半是「蒼髯浮生」，男人；一半住的是「紅粉佳人」，女人。祖母年輕時自然也是紅粉佳人中之一，「惹動了痴心」，是參與競爭，「痴心」是演出賣勁，演出成功。

祖母生活過，演出過的戲園「小鎮」，現在已輪到翟永明來演了。所以她說「一樣是半壁河山、晴天如洗／一樣是祖母的小小戲園／伴我幼年」，她自己演的也許只是家家酒，但跟她同臺演出的，卻是「繞場臺步，錦袖翻飛」，揚起的塵埃，遮住了滿臺的月光，照不到她們祖孫倆。在這節詩裡我們感受到些許輕輕的哀怨。「半壁河山」與第一段「半世界」同義。「晴天如洗」是指幼時歡愉的環境。看完第三段，再回頭看第二段「挑起了油燈，我的心，也隨地毯翻滾，也隨鐃鈸幫襯，青衣放開歌喉，口吐芬芳」，以第四段「我的心，也隨

昌耀的〈鹿的角枝〉、〈風景——涉水者〉

鹿的角枝

在雄鹿的顱骨，有兩株
被精血所滋養的小樹。
霧光裡這些挺拔的枝狀體
明麗而珍重，
遁越於危崖、沼澤，
與獵人相周旋。

若干個世紀以後，
在我的書架，
在我新得收藏品之上，
我才聽到來自高原腹地的那一聲
火槍。——那樣的夕陽
傾照著那樣呼喚的荒野，
從高岩。飛動的鹿角
猝然倒仆……
……是悲壯的。

風景

——涉水者

雨後的風景線
有多少淋漓的風景。

可也無人察覺那個涉水的
男子，探步於河心的湍流，
忽有了一閃念的動搖。

聽不到內心的這一聲長嘆。
人們只看到那個涉水男子
靜靜地涉過溪川

向著遠方靜靜地走去，
在雨後的風景線消失。
靜靜的。
只覺得夕陽下的溪川
因這男子的涉足而陡增幾分
嫵媚。

❖魚川讀詩：

近些年來，臺灣熱衷本土文學的研究和創作。由於周遭環境的影響，許多本土的學者和作家，更是無法完全免俗而不與政治結合，因此無形中助長了這股風氣，有愈來愈烈的趨勢。譬如說，已有好幾所大學設立了臺灣文學的課程，成立臺灣文學的研究社，關於臺灣文學的研討會，更是時有所聞。

無獨有偶的，大陸西部亦出現一股本土熱。據青海詩人昌耀於一篇受訪記中說，大陸西部已有好幾個省的文學期刊爭相以「西部文學」為號召，大夥紛紛投入本土文學的創作。凡是居住在西部的作家，包括西北和西南，不問他們的作品有無西部特色，論者一概稱它們為「西部文學」。這點跟臺灣的本土似乎稍有不同，臺灣的本土還需要和作家的籍貫扯上關係，外省作家便很難歸為本土。這便有些兒政治了，我很不以為然。大陸的「西部文學」，據說自改革開放之後，作家數量倍增，作品水準參差不齊，可以想像得到；但是因為量多，也未必篩選不出優秀的作品，所以「西部文學」已儼然自成一流派，與其他地方特色的文學相抗衡。

「本土」二字在臺灣很敏感，因為人們常把它跟政治糾纏在一起，大陸的「西部文學」大概沒有這個問題。翻開中外文學史、中外文學名著，幾乎沒有不本土，沒有不鄉土，包括莎士比亞的戲劇，中國的四大奇書。大陸的「西部」熱，沒有政治的聯想，它的聰明之處，是強調「鄉土」，而不強調「本土」。我的作品想來不會被「本土」的評論家歸類為「本土文學」，但我是個本土主義的擁護者，只不過它是廣義的，是生活於斯創作於斯的本土，並非徒具形式的籍貫的本土。昌耀的本籍是湖南，三十多年前來到青海，但他已被列為西部文學的大將。文學的「本土」指的應該是生活經驗的本土，氣質和性格的本土。我身分證上的籍貫是浙江，但我每次回到浙江，沒人覺得我是浙江人，反而一眼就看出我是臺灣去的。我曾詢問對方是怎樣判斷的？他說「氣質」。我不知道自己有沒有將「臺灣人」艱苦奮鬥所培養的氣質表現在作品裡，這倒是我所關心的。

大陸西部文學發展的實際情形如何，臺灣讀者瞭解有限。小說家我們只知道《白鹿原》的作者陳忠實，和《廢都》的作者賈平凹。他們都是陝西一帶人。陳忠實是西安作協主席，三年前遊西安時曾與他有一面之緣，人與作品的風格一樣，質樸而豪爽，應酬話中也能見真情的流露。賈平凹的散文我認為它的魅力並不低於他的小說，他是當前大陸作家稿費最高的一位，《廢都》之後出版的小說《白夜》，就是一個字六塊人民幣賣出。

詩人昌耀的作品在大陸雖已十分受肯定，在臺灣則可能很少人知道。不久前經女詩人零雨推荐，初次讀他的作品，便被他的獨特風貌所吸引。至於詩在「西部文學」中的狀況，在他的詩集《命運之書》的一篇答客問的訪問記中，我們也獲得些許的訊息。他說：「新疆詩群，富有潛力的西藏新秀……已為文壇留下了印象。」從此一訊息看，西部文學除小說已在大陸文學中佔有一席之地外，詩的創作也正在欣欣向榮之中。

昌耀對「西部文學」的理解，和我對「本土」文學的體認，可說完全一致。他說：「『西部』不只是一種文學主題，更是一種文學氣質，文學風格。而且不能不強調『西部』

的『當代』概念。」他認為「氣質」和「風格」，是這塊土地的色彩，和生活在該土地上的民族文化，時代潮流等交相感應的產物。本土文學何嘗不是？象徵一個民族或一個地區的文學，單是主題突出是不夠的，我寫大雁塔，我寫坎兒井，絕無法寫出當地人的感受，也就是說可能有西部的文物主題，可是表現不出西部人的氣質和民族性格。因此，我非常厭惡狹隘的本土文學主題論的主張。昌耀將土地的「色彩」加入文學的風格，也許不容易被瞭解，但我卻能完全體會。「色彩」不單指孕育人們大地的色彩，而是包括生活在其上的人們的歡唱和哀怨。

文學貴在獨創，因此按理，每位成功的詩人，都應該擁有一部自己創作方法的秘笈。但現代詩的方法千變萬化，時出奇招，所以很難理得清楚，很難作條列式說明。我是最不願意與人討論創作方法的，這便是我為什麼要堅辭教授大學新詩課程的原因。昌耀於答客問中說：「我對創作方法向無深入研究。作為創作者，我更講究實效：是否盡善盡美地表達了我對生活的理解，是否與我追求的氣質協調。但這也只是相對而言。從這個意義上講，『新的』、『最適合的』創作方法總是處在不確定中。總是處在不斷探求之中。」這段話很有意思，很高明。他沒有直接觸及到方法，而凡能盡善盡美的透過文學將他的生活，及他的氣質和諧地表現出來的，就是最好的方法。說得更清楚一點，他的答案是：詩人的氣質各有不同，生活經驗各殊，張三的方法不見得適合李四。臺灣有許多詩人喜歡將後現代主義、超現實主義套在自己頭上，其實都不見得很適合，因為它們都是來自西方。西方人的氣質和生活感受，與我們是不一樣的，所以我看見標榜後現代主義、超現實主義的詩人或所謂的詩，就覺得累。

昌耀擅長寫組詩，寫了一年半時間，從一九八〇年二月到八一年六月才完成的成名作〈慈航〉，共十二章，近四百行，充分表現出「西部文學」的特質。且看其中一章「記憶中的荒原」中的一段：

在不朽的荒原。
在荒原不朽的暗夜。
在暗夜浮動的旋梯——
那煩躁不安閃爍而過的紅狐、
那驚猶未定倏忽隱遁的黃鼬、
那來去無蹤的鴟鵂、
那曠貓、
那鹿麂、

那磷光、

……可是他昨天的影子？

詩中的動物，臺灣詩人翻翻辭典，捉摸點浮淺而不著邊際的意象，尚能謅出幾句雖無生命，但仍能唬唬外行的句子。而荒原上的暗夜，便非無長期生活在荒原經驗的人所能吟詠，所能想像。荒原上的暗夜，不見得比其它地區長，但一定比其它地區寒冷。「在不朽的荒原。/在荒原不朽的暗夜。」「不朽」二字想像的空間很廣，是感悟性的詩句，而非描述。

〈鹿的角枝〉和〈風景——涉水者〉，選自昌耀詩集《命運之書》。讀他的詩，如同讀他的命運。他的命運如「雨後的風景線，有多少淋漓的風景」，他的命運如一個善涉水者，「探步於河心的湍流，忽有了一閃念的動搖。」那溪川卻「因這男子的涉足而陡增幾分嫵媚。」詩言志，這是詩人自己的期許，而他也確已站上「風景線」，為西部文學增添幾分「嫵媚」。於我們日常生活中，常見有涉水者出現於溪河裡，或垂釣，或摸著溪石回家，但少有人將他當作風景來欣賞。很少詩，單是一個題目就能將我吸引住的，我很喜歡這個〈風景——涉水者〉的詩題，因題目已充滿詩味，見題即已見詩。這是一首多個獨立意象組成，起伏如山巒，緩慢往前推移，結構嚴密，讀之既至為愉悅，又足以宣洩情緒的好詩，因為詩中充滿機趣。

洛夫的〈初雪〉

初雪

1

他剛來便又悄然離去
他佔領了目光所及的天地以及
靈魂中最玄奧的部位
他靜靜地躺在眾葉之間

躺在早已被人遺忘的水缸裡
他降落時渾身顫抖
他蹲在屋脊上卻從不以為高人一等
他一向啞然
從不追究為何膚色如此慘白
沒有歷史，沒有軌跡和腳印
翻開去年的照相簿
冷，仍在那裡裸著
河水喧嘩
是他的笑聲，也是輓歌

2

牆外睡著昨夜的夢
桌上擱著一封未寫完的信

我專注地望著
院子裡大雪在為一隻凍僵的知更鳥
舉行葬禮……
我喝著熱咖啡
雙手捧著杯子搓著，揉著
一直轉著，快速地轉著
及至
玻璃窗上的積雪紛紛而落（時鐘不停地在消滅自己）

3

繼續寫信
非修辭的語調
有點覆雪下敗葉的味道
茫然的白，其複雜性

正適於表述一條蛇多次蛻皮的苦心
而且我必須讓你知道
從昨夜開始
雪自言自語而來，荒謬如我
虛無亦如
我（時鐘不停地在消滅自己）
落雪了……
話未說完他便劈頭蓋臉地將我淹沒
包括毛髮、皮膚、指甲
去年拔掉的蛀牙，以及
情緒的蝨子
思想的蟑螂
久久藏著潛意識的一截毒藤
（時鐘，不停地

在
　消滅自己）

4

五十年來第一次我被鎮住，被蠱惑
被一雙野性的手猛力拉過來
又遠遠推開
這是亙古的一聲獨白
百年孤寂後面還有更多的孤寂，更多的百年
我滿懷熱望而他卻極度貪婪
他拒絕了一束玫瑰
卻要去了我整座花園
我頓時感到被塑成一個雪人的悲哀
　（時鐘，不停地

在
　消滅自己）
當融化時將如何忍受
冰水滑過臉部時的那種癢
從史書中翻滾而下的那種絕望
一再翻過來穿的一襲破衲的
那種傷心
一些洞洞
瞪視著
另一些洞洞

❖魚川讀詩：

洛夫的這首〈初雪〉，給我的第一印象是：洛夫的人已經退休（他已自工作崗位退休多年），但他的詩並未退休（詩亡詩人亡。亡與無同義。詩人的頭銜，是因詩而存在的）；他人已移民（他於一年多前移民加拿大），但他的詩並沒有跟著移民。詩中的雪景，雖是他在加拿大家中窗外的雪景，可是它的語言是那麼的熟悉，態度仍是那麼的從容，而心情仍是那麼的沉重。「沉重」是洛夫詩的特殊風格之一，除了早期的少年之作情詩外，很少看見洛夫輕鬆過、輕快過。所以他捕捉的主題也比一般詩人嚴肅，如〈石室之死亡〉等。

有人說詩人是終身職，詩人是永不退休的。我甚至堅信每位對繆司盡忠職守的詩人，臨終時，他的腦海裡還會留有尚未成篇的詩句，隨他的軀體埋入土中。像李白和杜甫，這些無時無刻不在想詩寫詩的詩人，我相信他們的屍骨中一定還存留著殘篇的詩句。有天他們的骷髏變成了化石，他們腦中的詩也會變成化石。話雖如此，可是詩人還是會退休的：一是作品缺乏新鮮感，遭讀者遺棄，這種退休更徹底。讀者是很現實的，也是很無情的，不念舊是現代讀者的特性，其實也應該是現代詩作者的特性。三十年如一日，一個調子唱到底，雖然靠老關係，仍時有作品在報端發表，但讀者已視若無睹了，這與退休又有什麼兩樣。二是媒體的忽視。作品得不到媒體的重視，等於強制出局。因為發表畢竟是作家持續創作的最好鼓勵。洛夫雖已年近七十，但他仍然是媒體的寵兒，其詩作亦能長久保持不衰，詩的組織結構，稠密而氣盛，完全看不出有體力不繼的現象。〈初雪〉感嘆時間流失之速，也不是老年人獨有的心境，我十七歲就寫過一首鐘擺的詩，對時間的危機意識是沒有專屬的。

熟讀二三十年代及四十多年來臺海兩岸詩人的作品以後，越發覺得臺灣自四五十年代崛起的詩人的優異成就，在近一百年的詩史中，是獨佔鰲頭，具有不可抹滅的代表性。聞一多、徐志摩、戴望舒、何其芳、綠原、卞之琳等，在詩史的演進意義上，其功厥偉。但作品的成就上，雖也不乏佳構，其學養也不輸臺灣當代詩人，甚至有過之而無不及。可是檢視作品整體建樹，作品風貌所呈現的時代意義，當代的臺灣詩人，在質和量方面都是空前的，洛夫便是其中之一。

洛夫的詩，詩句的凝重，已經不再，而心情的沉重，則是依舊。這首〈初雪〉便是如此。詩的第一句便已讓我們進入主題，進入雪的意象世界。「他剛來便又悄然離去」，這個「他」字用得妙極，不用「它」，而用「他」，「他」將「初雪」人格化了。〈初雪〉是寫人生的短暫，人之於世，就像初雪一般，剛剛在大地上營造出一點季節的景象，沒一會兒，便又悄然消失了。這個「他」是多義的，是初雪的代名詞，是詩人自己，也可以指你我。

「他佔領了目光所及的天地以及/靈魂中最玄奧的部位」，靈魂中最玄奧的部位是那一部位呢？這該是此詩最困擾讀者而要尋求奧援的部分。這兩句詩我反覆讀了無數遍，不知是否可作這樣的解析：佔領目光所及的天地，是形象的佔領，而佔領靈魂的玄奧的部分，是驚悸、是覺悟，是對生命中最深奧最玄妙部位的理解。所以這個「佔領」的詞義便不是俗性上的詞義，而必須由詩的讀者去豐富它的內涵了。也只有詩的讀者才能有能力豐富詩的內涵。

如何凸顯詩的意象，是學詩的第一步。如何將詩中每一句詩的意象聚集起來成為一個完整的意象，是讀詩者欣賞詩藝之美的第一步。「他蹲在屋脊上卻從不以為高人一等」，意象在「屋脊」，「他一向啞然/從不追究為何膚色如此慘白」，意象在認命的「啞然」和「不追究」。「翻開去年的照相簿/冷，仍在那裡裸著/河水喧嘩/是他的笑聲，也是輓歌」，這幾行是這一節詩的精髓，詩的張力讓每一個字都有發揮的機會。「冷，仍在那裡裸著」，我們除了感到有些寒慄之外，還免不了要對「裸著」二字看它幾眼，多欣賞一番，因為它的確很絕。「河水」當然是指時間，指歷史。雪與河水已經融而為一，「笑聲」是因為自己已成為歷史的一部分，「輓歌」是回應第一句為生命的短暫而惋惜。

讀〈初雪〉的第二段，詩人望著院子裡的大雪像舉行葬禮般的淹埋一隻知更鳥，將內心的痛苦反應在喝咖啡的動作上，我不禁想起了鄭板橋「范縣署中寄舍弟墨」的家書：「暇日咽碎米餅，煮糊塗粥，雙手捧碗，縮頸而啜之，霜晨雪早，得此周身俱煖」。與讀洛夫詩沒有任何關連，而只是文化血緣自然的反應。洛夫「喝著熱咖啡/雙手捧著杯子搓著，揉著/一直轉著/快速地轉著」，也絕不是鄭板橋的那雙手。可是洛夫近年的作品，中國文化的血液似乎愈來愈濃，是不爭的事實。

〈初雪〉共六十六行，分四節，部分相近的形容詞和意象，曾多次在各節中重複的出現。就像冬天的積雪，或深秋的落葉，為了創造一個徹骨的寒冬，或描繪一個多彩的山色，讓雪重複的下，讓葉重複的落，是有其必要的。「時鐘不停地在消滅自己」，前後出現過四次，四次的形式都不一樣，顯然是經過刻意安排的。其中三次都接在「雪」的後面，如「玻璃窗上的積雪紛紛而落（時鐘不停地在消滅自己）」，又如：

雪自言自語而來，荒謬如我
虛無亦如
我（時鐘不停地在消滅自己）

不同的形式排列，呈現出不同的意象。詩的意象往往因形式而生，這就是我們常聽詩人們抱怨的說，只幾個句子在腦子裡轉了許久，就是轉不出來的原因。

〈初雪〉起首是「翻舊照相簿」，感受到冷，末段「翻穿破衲」的衣裳，是破洞瞪視破洞，洛夫此刻的心情有許多待補的破洞。

匡國泰的〈一天〉

一天

時間：公元一九九一年農曆十月十四日
地點：中國湘西南山地某村

卯時：天亮

乳白的晨曦
擠在齒狀的遠山上

喂，請刷牙

一個孩子從耀眼的門環中走出
扛在肩上的柴扒像一枝巨大的牙刷
好像去參加節日前的大掃除

「杭育、杭育」
搬開童年的一粒眼屎
看見姐姐的牙齒
刷得像東方一樣白

辰時・早餐

堂屋神龕下

桌子是一塊四方方的田土
鄉土風流排開座次

上席的爺爺是一尊歷史的餘糧
兩側的父母如秋後草垛
兒子們在下席挑剔年成

女兒是一縷未婚的炊煙
在板凳上坐也坐不穩……

巳時：變幻

母親在裏屋
打開箱子翻衣服

一件藍的
又一件綠的
不斷地翻下去
窗外的山就漸漸有了層次
（隱隱傳來播種冬小麥的歌謠）

午時：悵惘

鳥中午休息
天空乾乾淨淨，沒有任何墨點
如沒有檔案的兒童

未時：老鷹叼雞

「老鷹叼雞囉！」
小村一片驚惶
許多腳跳起，又落下來
（多謝喙下留情
沒有把萬有引力叼到天上去）
「慌什麼？」
村前的古樟樹咕噥著脫了襪子
把世世代代的根
伸到溪澗裏去濯洗

申時：窖紅薯

以一坨坨壯碩的沉默
父親把手伸進窖裏
填空（ ）

完了用一塊塊木板把窖門封起來
板子的順序號碼是：
一二三四五六七……

四顧無人
寂靜的歲月是一個更大的
空

酉時：日落

太陽每天衰老一次
殘留在山脊的夕照，是退休金麼嘛
爺爺蹲在暮靄裏
磅礴著一聲不吭
似乎不屑於理會
那一抹可憐的撫恤

懸念比蛛絲更堅韌
告別這世界時，爺呵
別忘了對落日說一聲：
且聽下回分解

戌時：點燈

揹一捆從地裏割回來的薯藤
一捆極度疲軟的夜色
母親在一幀印象派畫深處喊：
娃，點燈

孩子遂將白天
藏在衣袋角裏捨不得吃掉的
那一粒經霜後的紅棗，摸索出來
亮在群山萬壑的窗口
愈遠愈顯璀璨

亥時：關門

一個少女猶如拒婚
把擠進門的山峰輕輕推出去
說：太晚了

「回來呵！」
柴扉裏傳出招魂般的呼喚
遠山弱小的星星能聽見麼

砰，整個地球都關門了
母體內有更沉重的栓

子時：戴月

月亮是廣場上的燈
月亮照著毛茸茸的夜行者
月光從瓦縫射落
照徹桌子上的一只空碗，空碗裏
一粒剩餘價值如朦朦山谷裏的
一個小小人影兒

好像灌木叢裏窸窣窸窣響

「口令?!」
「回家。」

丑時：嬰啼

一根根電桿在蒼茫月色裏浮動
電桿上貼著一張張紙片：
天青地綠，小兒夜哭
請君一念，日夜安宿

寅時：雞鳴

雞叫頭遍
發現身邊，竟斜斜地躺著
地圖上一段著名的山脈

雞叫二遍
夢遊者悄然流落異鄉
（時間穿多少碼的鞋子？）
雞叫三遍
哎呀呀
曙色像綿羊一樣爬上山崗

山村的「一天」、歷史的「一天」

梅新

〈一天〉這首詩藉由山村的一天生活，表現中國農村景物。在人物上，有爺爺、父親、母親、姊姊、孩童；在活動上，不外乎是晨起、早餐、耕種、點燈、關門，甚至日出日落的情景。只要住過農村的人都知道，作者所描寫的景物極為稀鬆平常，絕談不上驚世駭俗。但是要把山村的活動濃縮於一天之中，作者的選材及剪裁功夫不可不慎；同時若單純描述農家景物又未免落入浮面，因此作者運用歷史人文素養，使本詩呈現深一層的質感，可看出作者的企圖不只是描述一個農家而已。

作者依中國人的時間分法從卯時到寅時共十二個時辰，分別列為十二章，名為「天亮」、「早餐」、「變幻」、「悵惘」、「老鷹叼雞」、「窖紅薯」、「日落」、「點燈」、「關門」、「戴月」、「嬰啼」、「雞鳴」。每章均以短短幾行詩描述一樣農家活動，但作者的高明之處如上所述，他並不單純描寫景物，有時是要表現中國人的倫理關係與歷史感。例如「早餐」一詩將一家人依長幼尊卑的次序圍坐用餐的情形描寫為「上席的爺爺是一尊歷史的餘糧/兩側的父母如秋後草垛/兒子們在下席挑剔年成」。「老鷹叼雞」這首詩也強調了古老農村的古老歷史，藉由一株村前的古樟樹把眼前動亂的景象視為平淡，一邊咕噥著「慌什麼」，一邊「把世世代代的根/伸到溪澗裏去濯洗」。「日落」一詩也可以視為此一類型的作品。作者似乎有意以詩來寫中國歷史，因而這一組描述農村的詩就更見重量感，也符合了中國以農立國的歷史傳承。

此外，作者最令人稱道的是他的描寫手法頗見特點：

一、用字口語到幾乎讓人以為不能成詩的情況，但詩行之間經由組合之後卻意外顯現詩的效果。作者特別喜愛以口語入詩，例如「天亮」中的「喂，請刷牙」，「老鷹叼雞」中的「慌什麼」，「點燈」中的「娃，點燈」，「關門」中的「說：太晚了」，「戴月」中的「口令?!回家」這些口語簡直令人懷疑可否入詩，但作者運用跳行、截斷等方式，使它們在詩中反而具備了點睛的功能。

二、裏外相合、物我兩融。以「變幻」一詩為例，先是描述母親在屋子裏翻衣服，翻著翻著窗外的山就變幻起來了。作者只以一個「翻衣服」的動作，顯示出來的卻是屋子內外同時在進行中的活動，使人與自然融合為一，不著痕跡。詩中最後一句：「（隱隱傳來播種冬小麥的歌謠）」猶如電影中的背景音樂，加強了作者所欲表達的人與自然合一的企圖，並賦予詩句完整的美感。「雞鳴」中亦有此種手法，當雞叫頭遍時，「發現身邊，竟斜斜地躺著/

地圖上一段著名的山脈」此山脈可以是窗外的山脈，也可以是身旁的女人，此處亦強烈表現這種裏外相合、物我兩融的手法。

三、意象準確、簡潔，想像空間大。作者善於將平常景物用最準確的字眼出之，但依然留給讀者極大想像空間。例如把早餐桌子比喻為「一塊四方方的田土/鄉土風流排開座次」，爺爺、父母、兒子、女兒分別是「歷史的餘糧」、「秋後草垛」、「挑剔年成」、「未婚的炊煙」，意象準確，令人叫絕。「點燈」中的母親「在一幀印象派畫深處喊」，使平凡的母親有了光影的聯想。「關門」一詩寫少女關門，最後一句：「母體內有更沉重的栓」，除了暗示從山村到整個地球都關門之外，也寫出少女的矜持，甚或所有女性的宿命，實為本詩寫下了深沉的一筆。「雞鳴」中寫夢遊者流落異鄉、遲遲不歸，作者乃有此一問：「（時間穿多少碼的鞋子？）」作者要為時間設計鞋子，但不知時間的腳尺寸大小，因此夢遊者不知何時返回故鄉。此處想像力豐沛，確有獨到之處。

綜觀〈一天〉全詩，結構完整，詩句新穎，文字洗鍊。寫鄉村用現代技法，令人耳目一新。每章詩句雖短，但往往有四兩撥千金的效果。讀者在欣賞農村景物之餘，更應用心揣摩作者的描寫手法，因為這是本詩最成功的地方。

*張素貞編後記：中副主編林黛嫚小姐交來梅新這篇〈山村的「一天」、歷史的「一天」〉，真是喜出望外。梅新用「魚川」的筆名寫作的《魚川讀詩》，是配合「中副詩選」推出的專欄，他病後剪報收存。他認為篇幅足夠了，這類文稿不需要太厚，卻是僅得十九篇；這篇性質接近，正好湊成二十篇，中國人以十為滿數，讓他的《魚川讀詩》雙滿，黛嫚的功德無量。

〈一天〉曾獲一九九二年藍星「屈原」詩獎第一名，收入現代詩季刊社版《八十一年詩選》。當時詩友編纂，由梅新介紹這首詩，他的〈編者按語〉已具體簡賅地點出這首詩的特色；這篇〈山村的「一天」、歷史的「一天」〉則是由〈編者按語〉拓衍而成。原來他也像小說家把短篇拓展為長篇，梅新一定是非常喜愛這首詩，意猶未盡，「按語」之不足，必要發展為《魚川讀詩》不可的了。事實應該是：當年匡國泰這首詩榮獲藍星「屈原」詩獎首獎，評審一致推崇，梅新起意要做引領賞析的工作，只是礙於自己的原則——不在自己的刊物發表文章，不便直接用「梅新」之名發表，所以版面大樣都排好了，他還是沒有讓它面世。這之後，利用「中副詩選」開始做新詩引介的工作，採取「魚川」的筆名，使自己主編的角色暫時隔離，便開闢了《魚川讀詩》的專欄。因此匡國泰的〈一天〉，是真正《魚川讀詩》的源頭，只是事過境遷，它成了遺作，體例又本來不同，是唯一從《藍星》選來，不出自「中副詩選」的詩。原該是開頭的，如今就讓它殿後壓軸，讀者了解個中因由，或許會格外憐愛它吧！

附錄

詩作者小傳（依發表先後排列）

余光中

一九二八年生，福建永春人。現任高雄中山大學講座教授，中華民國筆會會長。詩集、文集、評論、翻譯已出專書四十五種。最新詩集為《安石榴》，文集為《隔水呼渡》，評論集為《井然有序》及《從徐霞客到梵谷》。

紀弦

本名路逾，陝西省人，一九一三年生，蘇州美專畢業。來臺後曾創辦《詩誌》、《現代詩》。曾任成功中學教師，現寓居舊金山。著有詩集《檳榔樹》五集。詩論集《紀弦詩論》、《新詩論集》等多種。

零雨

臺大中文系畢業，美國威斯康辛大學東亞系碩士。曾任《國文天地》副總編輯、《現代詩》主編。一九九一年應邀為哈佛大學訪問學者。著有詩集《城的連作》、《消失在地圖上的名字》、《特技家族》。現任教於北部專校。

劉季陵

一九六八年生，江西會昌人，文化大學國貿系畢業。目前擔任小提琴老師，並專事音樂、文學創作，曾獲一九九三年第九屆巡迴文藝營新詩首獎。

辛鬱

本名宓世森，一九三三年生，浙江慈谿人，早年曾參加「現代派」，現為《創世紀》詩刊總編輯。現任《科學月刊》及科學出版基金會執行祕書。著有詩集《軍曹手記》、《辛鬱自選集》、《豹》、

《因海之死》、《在那張冷臉背後》及小說集《不是駝鳥》、《我給那白痴一塊錢》等共十餘種。

隱地

一九三七年生，浙江永嘉人，曾任《書評書目》雜誌總編輯，現為爾雅出版社發行人。著有短篇小說集《幻想的男子》、《隱地極短篇》，散文集《愛喝咖啡的人》、《翻轉的年代》，小品集《心的掙扎》、《人啊人》、《眾生》，詩集《法式裸睡》、《一天裏的戲碼》等二十種。

楊明

一九六四年生，東海大學中文系畢業，曾任職於臺灣日報、文訊雜誌、自由時報，現任中央日報專刊組記者。著有：《她的寂寞她知道》、《向日葵海域》、《雁行千山》、《關於愛情的38種遊戲》、《愛上別人的情人》等十餘種。

商禽

本名羅燕（羅硯），一九三〇年生，四川珙縣人，曾赴美國愛荷華大學「國際作家工作坊」研究兩年。曾任《時報周刊》副總編輯，「現代詩」社、「創世紀」詩社同仁。著有詩集《夢或者黎明及其他》、《用腳思想》等多種。

葉維廉

廣東中山人，一九三七年生，臺灣大學外文系畢業，美國普林斯頓大學比較文學博士，現任教於加州大學。「創世紀」詩社同仁。著有詩集《賦格》、《愁渡》、《醒之邊緣》、《葉維廉自選集》、《野花的故事》、《花開的聲音》、《松鳥的傳說》、《驚馳》、《三十年詩》、《留不住的航渡》。詩論集《秩序的生長》、《龐德研究》、《比較詩學》、《歷史、傳釋與美學》等。

秀陶

本名鄭秀陶，湖北鄂城人，一九三四年生，臺大商學系畢業，現旅居美國洛城。曾為「現代派」同仁。作品散見《現代詩》、《創世紀》等詩刊。

梁正宏

高雄市人，一九五八年生。曾使用希諾、飛虹等筆名。國立清華大學核子工程學系、核子工程研究所畢業，美國威斯康辛大學麥迪遜分校核子工程暨工程物理博士。現任國立清華大學工程與系統科學系副教授。曾獲國立清華大學「文學創作獎」散文組第二名。喜歡寫散文與詩，作品入選各類文學選集，並散見各報刊雜誌，目前正計畫結集出版。

管管

本名管運龍，一九三〇年生，山東人，從事詩、散文、劇本、雜文及繪畫創作。著有散文《請坐月亮請坐》等四種，詩集《管管詩選》等兩種。曾演出《六朝怪譚》、《超級市民》、《策馬入林》等二十餘部電影，及多場舞臺劇和詩的演出。去過愛荷華作家工作室，並開過七次畫展。

羅任玲

國立臺灣師範大學國文系畢業。現任職於中央日報副刊，目前任職於新聞界。曾獲師大文學獎新詩首獎，梁實秋文學獎，耕莘文學獎新詩、散文、小說獎，耕莘寫作會傑出會員獎。著有詩集《密碼》、散文集《光之留顏》，作品曾多次入選年度詩選、年度散文選，並收入《中華現代文學大系》、《新詩三百首》，其他作品尚有未結集之小說、極短篇、報導文學等。

藍菱

本名陳婉芬，福建晉江人，一九四六年六月四日出生於菲律賓馬尼拉，畢業於菲律賓遠東大學，一九六八年赴美留學，獲愛荷華大學藝術碩士學位，現旅居美國。曾為《創世紀》詩社同仁，現為《現代詩》季刊社編委。著有詩集《第十四的星光》、《露路》、《對答的枝椏》；另有散文集《野餐地上》、《萬戶燈火》等。

蘇紹連

臺灣省臺中縣人，一九四九年生，臺中師專畢業，現任國小教師。曾創辦「後浪詩社」，出版《詩人季刊》，現為《臺灣詩學》季刊同仁。著有詩集《茫茫集》、《童話遊行》、《驚心散文詩》、《河悲》、《隱形或者變形》等。曾獲《創世紀》創刊二十周年詩創作獎，第十六、十七屆國軍新文藝金像獎長詩獎及多次《中國時報》、《聯合報》文學獎新詩獎。

翟永明

祖籍河南，一九五五年生於四川成都，一九七四年高中畢業下鄉插隊，一九七六年調到兵器工業部二〇九所工作，一九七七年進成都電訊工程學院讀書，一九八〇年畢業仍回原單位服務。著有詩集《女人》、《在一切玫瑰之上》、《翟永明詩集》。一九八七年獲四川省優秀作品獎。

昌耀

原名王昌耀，湖南桃源人，一九三六年生，一九五〇年考入部隊文工隊，五十年代初期參加過朝鮮戰事，一九五四年開始發表詩作，中國作家協會會員，現在作協青海分會工作。著有詩集《昌耀抒情詩集》、《命運之書》（昌耀四十年詩作精品）等。

洛夫

本名莫洛夫，一九二八年生，湖南衡陽人，淡江大學外文系畢業，《創世紀》詩社創辦人之一。著有詩集《靈河》、《石室之死亡》、《外外集》、《無岸之河》、《魔歌》、《眾荷喧嘩》、《洛夫自選集》、《時間之傷》、《釀酒的石頭》、《因為風的緣故》、《夢的圖解》、《雪崩》；詩論集《詩人之鏡》、《洛夫詩論選集》、《孤寂中的迴響》、《詩的邊緣》。曾獲中山文藝獎、《中國時報》敘事詩推薦獎、吳三連文藝獎、國家文藝獎。

匡國泰

湖南省隆回縣人，一九五四年生，曾經當過水泥工人，農村電影放映員，現任湖南省隆回縣文化館攝影專幹，中國攝影家協會湖南分會會員，中國作家協會湖南分會會員。著有詩集《如夢的青山》，作品曾入選爾雅版《大陸當代詩選》。曾獲藍星「屈原」詩獎首獎。

三民叢刊書目

㉖作家與作品　謝冰瑩著
㉗冰瑩書信　謝冰瑩著
㉘冰瑩遊記　謝冰瑩著
㉙冰瑩憶往　謝冰瑩著
㉚冰瑩懷舊　謝冰瑩著
㉛與世界文壇對話　鄭樹森著
㉜捉狂下的興嘆　南方朔著
㉝猶記風吹水上鱗
・錢穆與現代中國學術　余英時著
㉞形象與言語
・西方現代藝術評論文集　李明明著
㉟紅學論集　潘重規著
㊱憂鬱與狂熱　孫瑋芒著
㊲黃昏過客　沙　究著
㊳帶詩蹺課去　徐望雲著
㊴走出銅像國　龔鵬程著
㊵伴我半世紀的那把琴　鄧昌國著
㊶深層思考與思考深層　劉必榮著
・轉型期國際政治的觀察
㊷瞬　間　周志文著
㊸兩岸迷宮遊戲　楊　渡著
㊹德國問題與歐洲秩序　彭滂沱著
㊺文學關懷　李瑞騰著
㊻未能忘情　劉紹銘著
㊼發展路上艱難多　孫　震著
㊽胡適叢論　周質平著
㊾水與水神
・中國的民俗與人文　王孝廉著
㊿由英雄的人到人的泯滅
・法國當代文學論集　金恆杰著
51重商主義的窘境　賴建誠著
52中國文化與現代變遷　余英時著
53橡溪雜拾　思　果著
54統一後的德國　郭恆鈺主編
55愛廬談文學　黃永武著
56南十字星座　呂大明著
57重疊的足跡　韓　秀著
58書鄉長短調　黃碧端著
59愛情・仇恨・政治
・漢姆雷特專論及其他　朱立民著

⑥⓪蝴蝶球傳奇　顏匯增著
・真實與虛構
⑥①文化啓示錄　南方朔著
⑥②日本這個國家　章陸著
⑥③在沉寂與鼎沸之間　黃碧端著
⑥④民主與兩岸動向　余英時著
⑥⑤靈魂的按摩　劉紹銘著
⑥⑥迎向眾聲　向陽著
・八〇年代臺灣文化情境觀察
⑥⑦蛻變中的臺灣經濟　于宗先著
⑥⑧從現代到當代　鄭樹森著
⑥⑨嚴肅的遊戲　楊錦郁著
・當代文藝訪談錄
⑦⓪甜鹹酸梅　向明著
⑦①楓香　黃國彬著
⑦②日本深層　齊濤著
⑦③美麗的負荷　封德屏著
⑦④現代文明的隱者　周陽山著
⑦⑤煙火與噴泉　白靈著

⑦⑥七十浮跡　項退結著
・生活體驗與思考
⑦⑦永恆的彩虹　小民著
⑦⑧情繫一環　梁錫華著
⑦⑨遠山一抹　思果著
⑧⓪尋找希望的星空　呂大明著
⑧①領養一株雲杉　黃文範著
⑧②浮世情懷　劉安諾著
⑧③天涯長青　趙淑俠著
⑧④文學札記　黃國彬著
⑧⑤訪草（第一卷）　陳冠學著
⑧⑥藍色的斷想　陳冠學著
・孤獨者隨想錄
A・B・C全卷
⑧⑦追不回的永恆　彭歌著
⑧⑧紫水晶戒指　小民著
⑧⑨心路的嬉逐　劉延湘著
⑨⓪情書外一章　韓秀著
⑨①情到深處　簡宛著
⑨②父女對話　陳冠學著

93. 陳冲前傳　嚴歌苓 著
94. 面壁笑人類　祖　慰 著
95. 不老的詩心　夏鐵肩 著
96. 雲霧之國　合山　究 著
97. 北京城不是一天造成的　喜　樂 著
98. 兩城憶往　楊孔鑫 著
99. 詩情與俠骨　莊　因 著
100. 文化脈動　張　錯 著
101. 桑樹下　繆天華 著
102. 牛頓來訪　石家興 著
103. 深情回眸　鮑曉暉 著
104. 新詩補給站　渡　也 著
105. 鳳凰遊　李元洛 著
106. 文學人語　高大鵬 著
107. 養狗政治學　鄭赤琰 著
108. 烟　塵　姜　穆 著
109. 河　宴　鍾怡雯 著
110. 滬上春秋　章念馳 著
111. 愛廬談心事　黃永武 著
112. 吹不散的人影　高大鵬 著
113. 草鞋權貴　嚴歌苓 著
114. 是我們改變了世界　張　放 著
115. 夢裡有隻小小船　夏小舟 著
116. 狂歡與破碎　林幸謙 著
117. 哲學思考漫步　劉述先 著
118. 說涼　水　晶 著
119. 紅樓鐘聲　王熙元 著
120. 寒冬聽天方夜譚　保　真 著
121. 儒林新誌　周質平 著
122. 流水無歸程　白　樺 著
123. 偷窺天國　劉紹銘 著
124. 倒淌河　嚴歌苓 著
125. 尋覓畫家步履　陳其茂 著
126. 古典與現實之間　杜正勝 著
127. 釣魚臺畔過客　彭　歌 著
128. 古典到現代　張　健 著
129. 帶鞍的鹿　虹　影 著
130. 人文之旅　葉海煙 著

⑬¹生肖與童年	小　民著
	喜　樂圖
⑬²京都一年	林文月著
⑬³山水與古典	林文月著
⑬⁴冬天黃昏的風笛	呂大明著
⑬⁵心靈的花朵	戚宜君著
⑬⁶親　戚	韓　秀著
⑬⁷清詞選講	葉嘉瑩著
⑬⁸迦陵談詞	葉嘉瑩著
⑬⁹神樹	鄭　義著
⑭⁰琦君說童年	琦　君著
⑭¹域外知音	張堂錡著
⑭²遠方的戰爭	鄭寶娟著
⑭³留著記憶・留著光	陳其茂著
⑭⁴滾滾遼河	紀　剛著
⑭⁵王禎和的小說世界	高全之著
⑭⁶永恆與現在	劉述先著

⑭7 東方．西方

夏小舟 著

東方古老神祕而透徹，溫情而淡漠；西方快樂的吉他演奏悲情的歌。長年浪迹於日本與美國的作者，如同一葉小舟，以其豐富的情感，敏銳地觀察異國生活情趣不同面貌，進而以細膩文筆記錄下來，使讀者能藉由閱讀和其心靈有最深切的契合。

⑭8 嗚咽海

程明琤 著

作者以行世的闊步、觀想的深情，帶領讀者閱歷世界——一同憑弔瑪雅文明的浩劫災難；吟咏廬山的懸松傲柏；繫情塞歌維亞的夕輝斜映；漫遊唐吉訶德的故鄉。更以人文的關懷，心靈的透悟來探思文化、體驗人生、拓昇智慧。

⑭9 沙發椅的聯想

梅新 著

擔任中副總編輯多年，梅新先生經歷了文化界的春去秋來，看多了人事的起伏，由他敏銳的觀察力所發抒成的文字，也更能扣緊時代脈動。本書包含作家訪談、藝文評論、生活自述，透過這些真摯生動的文字，我們彷彿見到一幅筆觸淡雅的文化群相。

⑮0 資訊爆炸的落塵

徐佳士 著

在日新月異的電動玩具之外，您是否亦曾留意到資訊時代來臨在你我生活中所產生的新情境？在傳播媒體提供的聲光娛樂之餘，您是否關心其後所產生的文化衝擊？本書深入淺出為您剖析資訊社會中大眾傳播激盪下的文化省思，值得您細心體會。

151 沙漠裡的狼

白樺 著

像在冷冽的冬夜裡啜飲著濃烈的茶，感受一種在蒼茫大地上，心海澎湃的震顫。那麼地古老、深沈，剎時間，恍若置身廣闊的大漠，一回首，就是長城。這是金鼎獎作家又一直指人性，內容深刻的作品，請您在一個適合沈思的夜晚，漫步中國。

152 風信子女郎

虹影 著

一本能深刻引起讀者共鳴的小說，其必然與人世現實生活有著緊密的關連。本書作者秉持著對人的命運的關切，遠勝於對以往藝術形式的關注，賦予了文學創作的生命。從本書作者對人物刻劃描述的過程中，可窺知作者對此一理念的堅守。

153 塵沙掠影

馬遜 著

生命的旅途中，有許多可掌握的機運，但似乎一半早已註定……。馬遜教授從故鄉到異國求學，最後來臺定居，繼而與佛結了不解之緣。滿懷豐富的情感，細膩的筆觸，深刻的寫下了旅赴歐美等地之點滴情事，而念舊懷恩之情愫亦時時浮現於文中。

154 飄泊的雲

莊因 著

歲月的洗禮，在人們內心深處烙印著痛苦、悲哀、快樂與美好的回憶。由於時代的變動、戰爭的摧折，作者歷盡滄桑的輾轉遷徙，使那些漂流不定、幻化多變的過往，煥發出人生的智慧。就讓我們乘著飄泊的雲，領會「知足常樂，隨遇而安」的生活哲理。

⑮ 和泉式部日記

林文月 譯・圖

本書為日本平安時代文學作品中與《源氏物語》、《枕草子》鼎足而立的不朽之作。書中以簡淨的日記形式，記錄了一段不為俗世所容的戀情。優美的文字，纏綿的情詩，展現出愛情生活中細膩的起伏感受與歡愁，穿越時空，緊扣你我心弦。

⑯ 愛的美麗與哀愁

夏小舟 著

愛情之於女人，常常是引誘飛蛾撲火的明燈，是絢麗的毒花，可女人偏偏渴望愛情。作者列舉許多男女的愛情、婚姻故事，郎才女貌未必幸福，摯情摯愛未必有緣，只是男人與女人之間如同萬物的規則，一物降一物，鹵水點豆腐，魔高一尺，道高一丈。

⑰ 黑月

樊小玉 著

丁小玎隨著所在的中國公司到國外做勞務承包。因為是公司的英語翻譯，加上辦事勤快，見了人又總是一個柔柔和和的笑，於是很快就引起當地大部分男人的注意；而小玎能否在心儀的外交人員與愛慕自己的餐廳老闆間找到最後情感的歸宿？……

⑱ 流香溪

季仲 著

作者透過一群「沿江吉普賽人」在流香溪畔發生的動人故事，牽引出現代觀念與傳統文化的價值矛盾、中日文化的碰撞衝突、人與自然的挑戰，以及善與惡的拉扯等；全書行文時而如行雲流水，時而又如波濤洶湧，讀來意趣盎然，發人深省。

⑮ 史記評賞

賴漢屏 著

司馬遷《史記》一三〇篇，既是「究天人之際，通古今之變」的史學鉅著，也是我國古代傳記文學的精華。本書作者自幼即喜讀《史記》，從師學習，如今蘊藉已深，以其深厚的治學基礎，發為見解獨具的文采丰華，帶領讀者一探《史記》博雅的世界。

⑯ 文學靈魂的閱讀

張堂錡 著

文學的力量使孤寂的心靈得到慰藉，貧乏的人生變得富有，唯有肯駐足品味的人才能透晰其所傳達出最深藏的祕密。本書共分三輯，窺視文學蘊含的殷情深意；感受其求新求變以及對大環境的價值。各自激發不盡的聯想與深沈的感動。

⑯ 抒情時代

鄭寶娟 著

在平淡無奇的生活中，你可曾留意生命中點點滴滴不平凡的小故事？作者以其平實的筆觸，刻劃出看似平凡卻令人難以遺忘的人生軌跡，你我都可能身在其中。書中情節所到之處，或許平凡、或許悲傷，但卻也不時充滿著生命的躍動，值得細細體會。

⑯ 九十九朵曇花

何修仁 著

人生有多少夢境會在現實中重複出現？是山間的樵歌？白雲間的群雁？還是昔日遠方純樸、悠閒的鄉間漫步？作者來自屏東，以濃郁深摯的筆調，縷縷細述人生中最動人的記憶，伴隨你我，步履於南臺灣的舊日情懷，一同感受人間最純摯的情感。

⑯③ 說故事的人

彭歌 著

這是作者多年來觀察文壇、社會與新聞界的肺腑之言。輯一故事與小說自不同角度探討小說寫作；輯二人與文刻劃出許多已逝人物卓然不凡的風範；輯三海外生涯則寫遊記、觀賞職籃等旅居海外之觀感。讀了此書，彷彿親身經歷了一趟時空之旅。

⑯④ 日本原形

齊濤 著

從明治維新以來，日本的一舉一動都對世界有著深遠的影響，尤其對臺灣來說，其影響更是巨大。作者長期旅日，摒除坊間「媚日」或「仇日」的論調，以客觀的描述，剖析日本的現形。對想要了解日本時勢與脈動的人來說，是不得不看的一本好書。

⑯⑤ 從張愛玲到林懷民

高全之 著

作者以嚴謹誠虔的態度，客觀分析的筆調，來評論臺灣當代小說，深深讓讀者了解近代文學的特點，進而深入九位作者的作品中，提供一些深刻的創見，帶領你我欣賞文學的美與實，進而體驗文學對生命喜悅、悲哀等生動的描述。

⑯⑥ 莎士比亞識字不多？

陳冠學 著

莎士比亞識字不多！一直以來被誤認是個偉大的作者。讀過本書，應能還莎士比亞一個清白，他絕對不是一個掠美者。這把聖火在臺灣重新點燃，希望將來這聖火能夠由臺灣再度傳回英國，傳到世界各地，也好讓莎士比亞的靈魂得到真正的安息。

⑯ 情思・情絲

龔華 著

「妳，像野薑花；清香，混合在黎明裏，催我甦醒。沒有妳，我睜不開眼睛，走進陽光的世界。她，是我在黃昏裏，永遠踩不到的影子。像夜來香，惑我走進黑夜的濃郁……」本書集結了龔華在〈中副〉發表的散文，篇篇情意真摯，意境深遠，值得細細品味。

⑱ 說吧，房間

林白 著

一個是離婚、失業的中年婦女，一個是愛熱鬧的單身貴族。兩個背景、個性迥然不同的女子，為何會發展出一段患難與共的交情？且看兩個女子的心情告白。本書在作者犀利細膩的筆調下，深刻描繪出都會女子的愛恨情仇、悲歡離合，值得細細品味。

⑲ 自由鳥

鄭義 著

六四事件的悲憤情緒才剛平復，對八九民運功過的批判聲音竟已隨之響起。對此，大陸流亡作家鄭義，以一幕幕民運歷程與鐵幕紀實，申訴著他的心痛與不平。文中流露對同胞的關懷和自由的嚮往，深深地牽引著每一個中國人心中的沈痛與感動。

⑰ 魚川讀詩

梅新 著

詩是抒情的天堂，但並非每個人都能領會其中的意涵。本書是梅新先生的遺作，首創以雜文式的筆調評論詩作，不依恃理論，反而使篇章更形活潑，有就事論事的評述，也有尖銳的諷喻，語帶機鋒，趣味盎然。引領您一窺知性與感性的詩情世界。

⑰ 好詩共欣賞

葉嘉瑩　著

本書作者葉嘉瑩教授，融會西方接受美學、符號學及中國詩論，來解讀陶淵明、杜甫、李商隱的作品，分析了三人作品的形象、情意和其中所含的隱微深意，並從興發感動讀者的角度來詮釋作品的成功與否，是喜愛古典詩的讀者不可錯過的好書。

⑰ 永不磨滅的愛

楊秋生　著

現代人的生活壓力大，使得人生危機四伏，生活充滿徬徨、疲倦和無力感。如何化解此一危機?作者以多年學佛的體驗，以及和家人朋友互動的點點滴滴，而了解到愛的真義，並希望能將愛分享給每個人，以重燃信心和希望。

國家圖書館出版品預行編目資料

魚川讀詩／梅新著. -- 初版. -- 臺北市：三民，87

面；　公分. --(三民叢刊；170)

ISBN 957-14-2727-6 (平裝)

1. 中國詩-評論

821.88　　86014574

國際網路位址　http://sanmin.com.tw

著作人　梅　新
發行人　劉振强
著作財產權人　三民書局股份有限公司
臺北市復興北路三八六號
發行所　三民書局股份有限公司
地　址／臺北市復興北路三八六號
電　話／二五〇〇六六〇〇
郵　撥／〇〇〇九九九八——五號
印刷所　三民書局股份有限公司
門市部　復北店／臺北市復興北路三八六號
重南店／臺北市重慶南路一段六十一號
初　版　中華民國八十七年一月
編　號　S 82090
基本定價　貳元肆角
行政院新聞局登記證局版臺業字第〇二〇〇號

ISBN 957-14-2727-6 (平裝)